Aus Freude am Lesen

btb

Buch

Kann ein Schriftsteller etwas Schöneres verschenken als eine Geschichte? Immer wieder hat Stefan Heym bei passender Gelegenheit seine Frau Inge mit einer Geschichte überrascht. Kurz vor seinem Tod im Dezember 2001 hat er diese sehr persönlichen Erzählungen zu einem Band zusammengestellt und den Künstler Horst Hussel gebeten, sie zu illustrieren. Es sind ebenso liebevolle wie spitzzüngige Zwiegespräche mit sich und der Welt. Sie offenbaren die ängstliche Seele eines Rebellen und die Schuldgefühle eines Liebenden. Und sie offenbaren – zu allererst – die zärtliche Zuneigung zu »seinem Weib«. Heyms entwaffnend ehrliche und wunderbar tröstliche Geschichten enthalten alle Ingredienzen, die ihn berühmt gemacht haben: ein herrlich freches Mundwerk, ungebeugter Eigensinn, kompromisslose Klarheit und hintergründiger Witz.

Autor

Stefan Heym (1913–2001) floh vor der Nazidiktatur nach Amerika, verließ das Land in der McCarthy-Ära und lebte seit 1952 in der DDR. Seine trotzig-kompromisslose Kritik an Selbstherrlichkeit, Unterdrückung und Zensur machte ihn dort zur Symbolfigur. Als Romancier und Publizist wurde er international bekannt. Zeitlebens blieb Heym ein Schriftsteller, der »seine Kunst an keine Ideologie verriet« *(Die Zeit)*. 1994 eröffnete er als Alterspräsident mit einem engagierten Plädoyer für Toleranz den deutschen Bundestag.

Stefan Heym bei btb

Offene Worte in eigener Sache. Gespräche, Reden, Essays 1989–2001 (73080)
Pargfrider. Roman (72648)
Der Winter unsers Mißvergnügens (72057)
Werkausgabe. 18 Bd. im Schuber (90564)

Stefan Heym

Immer sind die Männer schuld
Erzählungen

Mit Illustrationen
von Horst Hussel

btb

Umwelthinweis:
Alle bedruckten Materialien dieses Taschenbuches
sind chlorfrei und umweltschonend.

Der btb-Verlag ist ein Unternehmen der Verlagsgruppe
Random House

1. Auflage
Genehmigte Taschenbuchausgabe Mai 2004
Copyright © by Inge Heym
Copyright © der deutschsprachigen Ausgabe 2002
by C. Bertelsmann Verlag, München,
in der Verlagsgruppe Random House GmbH
Umschlaggestaltung: Desing Team München
Umschlagillustration: Horst Hussel
Satz: Uhl + Massopust, Aalen
KR · Herstellung: Augustin Wiesbeck
Made in Germany
ISBN 3-442-73219-0
www.btb-verlag.de

Für Inge

Inhalt

Immer sind die Männer schuld

*I*ch erinner mich noch. Da war eine Zeit, wo ich ein heiterer Mensch war und herumgelaufen bin mit leichtem Herzen oder zumindest ausgeglichen in meinem Geist; aber jetzt denk ich immer sofort, was hab ich schon wieder gemacht, der Fleck auf dem Hemd, wo kommt der Fleck her, es hängen doch genug saubere Hemden im Schrank, und die alte zerbeulte Hose, immer läufst du herum wie ein Schlump, besonders wenn wir wollen ausgehen, kannst du nicht selber auf dich achten; und in mir fängt etwas an zu wuchern, ich weiß nicht was, aber wenn ich erzähl davon meinem Freund, dem Professor Mendel, dem bekannten Seelenauseinandernehmer, sagt der, Das ist dein Schuldbewußtsein; wenn alles immer schiefgeht und sich verhakelt, muß einer doch daran schuld haben, und wer kann das sein nach Lage der

Dinge? – nur du. Und sowieso sind immer die Männer schuld.

Und ich spür wie mein Schuldbewußtsein immer mehr wuchert in meinem Innern, und ich sag mir, ich muss nachdenken wie ich's nur fertigbringen möcht daß mir nicht immer alles danebengeht und die Menschheit mich liebt und respektiert, und besonders mein Weib. Und ich frag sie, was soll ich nur machen, Liebste, daß ich nicht völlig verkomm, ich bin doch früher ein richtig was man nennt ein patenter Mensch gewesen und hab dir ein Glück gegeben schon am frühen Morgen so dass deine Augen haben geleuchtet, aber jetzt ist das erste wenn du aufwachst dass du mir klagst über was ich wieder hab falsch gemacht die Heizung hab ich nicht abgedreht und die Milch nicht weggestellt in den Kühlschrank, aber immer wiesle ich rum in der Küche und tu wer weiß wie eifrig und stör dich nur.

Und ich versprech ihr, ich werd mich bemühen, wahrhaftig und bei Gott, und sie wird sehen, es wird alles besser, aber sie soll mir nicht immer die Schuld geben an allem, das halt ich nicht aus, lieber bring ich mich um.

Umbringen! ruft sie. Wenn einer sich umbringt in dieser Familie, dann sie, und wer wird schuld daran sein? – ich: keine Frau, Ost oder West, hält das aus, einen Mann, der nichts einsieht und seine Frau alles machen läßt und alles bedenken, und dann tut er noch nicht mal was sie ihm sagt sondern vollführt seinen eigenen Kokolores, und wer muß es ausbügeln? – sie.

Dabei lieb ich sie doch, das ist das Komische: sie hat so etwas an sich, nur einen Blick manchmal oder eine Bewegung mit zwei Fingern über eine Stelle auf meinem Gesicht, ganz zart, und das Herz schmilzt mir über meinem Sonnengeflecht, und ich denk, sie ist doch die einzige welche eine Bedeutung hat für mich, und warum sag ich nur immer was ihr gegen den Strich geht, wenn ich nur wüßte wo der Strich verläuft bei ihr, damit ich mich verhalten könnt auf die richtige Art. Und ich denk, vielleicht fehlt mir was, ein Instinkt, oder ein Nerv, oder eine Chemie, welche mich könnten auf Kurs halten auf den Wogen des Lebens, damit ich nicht auf eine Klippe gerate und festsitz mit meinen guten Absichten, oder welche mir weisen den richtigen Weg von meinem Frühstück früh bis nach den Nachrichten abends, damit ich nicht irgendwo hinstolper wo es nicht weitergeht zwischen meinen Problemen.

Mit dem Frühstück fängt es schon an. Wenn ich meine Semmel zerschneid fängt es schon an zu krümeln, bei mir aber nicht bei meinem Weib, und wenn ich reinbeiß in die Semmel, krümelt es noch mehr, und ich seh, wie sie wieder kuckt nach unten auf den Teppich, und ich bück mich sofort und fang an die Krümel aufzupicken mit meinen Fingern, und sie sagt, laß das, es bleiben doch welche liegen, und warum kann *sie* essen, sagt sie, ohne zu krümeln, ich müßt vielleicht meinen Kopf halten über meinen Teller oder meinen Teller unter meinen Kopf, so klug wären andere Männer doch auch, sagt sie, und schon versink ich wieder in meiner Schuld und dank dem lieben Gott, daß nicht ein Stückchen von der Seite von meiner Semmel mit dem Aprikosen-Jam drauf auf dem Teppich gelandet ist sondern nur ein Krümel von der gebackenen Seite, haben Sie mal versucht Aprikosen-Jam abzukratzen von dem Gewebe von einem orientalischen Teppich? Aber das sieht mein Weib nicht, daß ich noch Glück gehabt hab in meinem Unglück, sie sieht nur daß sie muß gehen gleich nach dem Frühstück und ihren Staubsauger holen, ich könnt ja den Staubsauger selber holen, sag ich, und anfangen aufzusaugen die Krümelei, aber das will sie auch wieder nicht, ein Mann wie ich kann höchstens den Staubsauger kaputtmachen, und außerdem ist es besser, wenn ich ruhig dasitz, glaubt sie, und nicht anricht ein neues Malheur.

Und nach dem Frühstück, wie ich schon gehen will an meinen Computer und weitermachen mit dem, was ich gerade schreib, spür ich plötzlich, wie alles so still ist um mich herum, und ich denke, um Gottes willen, du kannst sie doch nicht so allein lassen nachdem sie dir hingestellt hat solch ein Frühstück mit Ei und mit Käse und allem; geh hinauf zu ihr, denk ich, und frag sie, ob sie was braucht und du ihr kannst helfen vielleicht. Und da liegt sie auf dem Bett, und ich weiß, sie ist traurig, ich hab ein Gefühl für menschliche Stimmungen, und ich weiß, ich müßt sie in meinen Arm nehmen und festhalten, aber sie sagt ich soll sie in Ruh lassen, gefälligst, immer geh ich ihr hinterher, sie zu kontrollieren, sagt sie, aber sie möchte auch mal ihre Ruhe haben vor mir. Und ich seh daß was ich gemacht hab ist schon wieder falsch, ich hätt mich zurückhalten sollen und warten bis sie mich ruft, oder ich hätt ihr was erzählen sollen, was Interessantes, damit sie auf andre Gedanken kommt, aber was soll ich ihr erzählen was sie nicht schon weiß, ich erzähl ihr schon alles, außer wenn ich was vergeß, nicht daß ich Alzheimer hätte, aber im Alter vergißt man eben manchmal wenn einer angerufen hat, ihre Freundin Anne zum Beispiel, und wieder wächst mein Schuldbewußtsein.

Also will ich ihr was erzählen, damit sie schon auf was anderes kommt wie auf meine ewige Schuld, und ich leg mich zu ihr aufs Bett, sie rechts, ich links, und ich sag wie ich hab gesehen auf dem Fernseher arme Meeresvögel aus der Nordsee, welche sind ganz beschmiert gewesen mit Öl und erstickt und wie es mich angefüllt hat mit Trauer, weil ich doch ein empfindsamer Mensch bin mit einem Herz für die Kreaturen, aber die Herren Schiffsreeder und ihre Kapitäne, weil sie so vergiert sind auf noch mehr Profite, lassen ihr altes verdrecktes Öl direkt laufen ins Wasser von der Nordsee, und die Ölpumpen von den Engländern, welche ihr Öl aus dem Boden von der Nordsee herauspumpen, die Engländer sind auch zu geizig um dichtzuhalten ihre Rohre und ihre Ventile und ohne Löcher drin, so daß schon das frischgepumpte Öl nach oben steigt und den Vögeln in die Federn und den Fischen in die Kiemen, und ich lieg und erwart, daß sie was Mitleidiges sagt wie, Die armen Tiere! – aber was sagt sie und kuckt mich dabei an als wär ich ein Monster, sie sagt, du bist schuld wenn die Vögel werden angeschwemmt auf den Strand mit ihrem Gefieder verölt und verklebt und schon halb oder ganz tot.

Und mir verschlägt es die Stimme in meiner Kehle, und ich krächz, wieso ich, wo hab ich ein Schiff, daß ich schütten könnt altes Öl in die Nordsee und ersticken die halbe Vogelwelt ich lieg hier friedlich im Bett neben dir wie du hast gewünscht und erzähl dir von den Übeln in der Welt es sollt dich bringen auf andre Gedanken, aber sie antwortet, du bist auch so ein Typ wie die Schiffsreeder und die Kapitäne, nimmst du vielleicht Rücksicht auf mich und die Umwelt, du trampelst auf die Stiefmütterchen in unserm Garten welche ich hab erst kürzlich gepflanzt, und bevor ich erwidern kann, aber doch aus Versehen, sagt sie, red nicht, du nimmst keine Rücksicht und bist mit schuld an dem Tod von den armen Vögeln, und ich denk, vielleicht bin ich doch ein bissel mit schuld, zuerst bei den Stiefmütterchen, und dann mit dem Öl; das gibt es ja vor Gericht: Schuld durch Assoziation, und sowieso sind die Männer immer schuld.

Und im letzten Herbst hat unsre Frau Doktor gesagt, ob wir nicht möchten uns impfen lassen gegen die Grippe, alle Leute lassen sich impfen gegen die Grippe und lassen sich unter die Haut spritzen tote Grippeviren damit der Körper Widerstandskräfte entwickeln kann gegen lebendige Viren welche werden eventuell auftreten und wir können gesund durch die schlechte Jahreszeit kommen und unbehelligt; aber was tut Gott, kaum ist sie geimpft, kriegt mein Weib eine Grippe von den Viren welche unsre Frau Doktor hat ihr gespritzt unter die Haut, vielleicht daß diese noch nicht so tot waren wie sie hätten gewesen sein sollen, oder der weiße Leib von meinem Weib hat eine spezielle Neigung zu Viren welche tot sind und freut sich mit solchen als wären sie gesund und prall und lebendig und entwickelt daraus eine richtige Infektion, jedenfalls

sagt sie wieder, ich wär daran schuld wenn die Impferei sie krankmacht, denn wenn nämlich mich die
Impferei auch krankmachen täte hätt ich nicht
dagesessen in der Praxis von der Frau Doktor und
kühl gelächelt wie diese ihre Nadel gesteckt hat
meiner eigenen Frau unter die Haut, und hätte
nicht dazu noch gesagt, sei tapfer Liebste, da mußt
du durch.

Jawohl, immer sind die Männer schuld; ich weiß
das, und Sie wissen es auch, Verehrter. Zum Beispiel Sie erwarten einen Gast, einen wichtigen, und
Ihr Weib stellt Kaffee hin und Kuchen, welchen
sie hat extra gebacken, und Obst welches sie hat selber geerntet im Garten, aber der Gast kommt nicht.
Der Gast hat sich verspätet, und wir sitzen am Tisch
und warten, mein Weib und ich, und mein Weib
sagt, Weißt du, sagt sie, wie oft ich schon einen
Tisch mit Kaffee und mit Kuchen und mit Zutaten
gerichtet hab für deine Gäste und für dich? Und
dann hab ich noch die Konversation gemacht mit
deinen Gästen, sagt sie, und hab gescherzt mit
ihnen und meinen Charme entfaltet, und hab eine
Beziehung hergestellt, eine menschliche, zu ihnen
– und was hast du gemacht, bitte? Du hast nur ge-

sessen am Tisch und hast den Kuchen in dich hineingestopft und den Kaffee geschlürft, laut, und hast ausgesehen wie du wärst zu Tod gelangweilt. Wie oft, also?

Und ich frag sie zurück, So schlimm bin ich?

Und sie sagt, so schlimm bist du.

Und ich überleg mir was sie gesagt hat und denk es könnt vielleicht was dran sein und daß ich tatsächlich nicht immer so glänz wo ich glänzen möcht, und auch nicht so geistreich bin und so charmant, aber ich kann nichts dafür, ich hab gehabt solch ein Leben und hab keinen Glanz entwickeln können und keinen Charme, mich haben ganz andere Sorgen bedrängt, und darum verlaß ich mich lieber auf mein Weib jetzt wenn Gäste kommen zu uns oder wir gehen in eine Gesellschaft für einen Empfang oder ein Dinner, weil mein Weib hat so ein Talent für Herzlichkeit und für Beziehungen von Mensch zu Mensch, und fast denk ich sie hat recht mit ihrer Kritik an meiner Person, aber dann ist unser Gast endlich gekommen und mein Weib hat entfaltet ihren ganzen Charme, und ich hab wieder nur gesessen am Tisch mit meinem Schuldbewußtsein und hab ausgesehen wie ich wär zu Tod gelangweilt.

Oder Sie müssen hin zu einem Kongreß. Ein Kongreß wird gemacht für ein Jubiläum oder so, damit die Menschheit sich gedenkt was vor hundert Jahren oder auch mehr ist gewesen, und wie weit wir gekommen sind seitdem, und die Veranstalter von dem Kongreß suchen sich einen Ort dafür aus, einen hübschen, mit Gebirgen ringsherum und ein bissel Wasser vielleicht und Landschaft, und ein nobles Hotel, und dafür werden Sie halten einen Vortrag, und dazu noch müssen Sie geben Interviews, und müssen Ihr Gesicht, Ihr markantes, in den Fernseher stecken, den örtlichen, und all das wird bezahlt für Sie und für Ihre Begleitung von den Veranstaltern von dem Kongreß, die Reise-Tickets für Ihre Transportation und die Mahlzeiten und die Drinks für Sie und für Ihr Weib, und Sie denken sich, Sie haben gehabt dies Jahr keine richtigen Ferien, also werden Sie fahren zu dem Kongreß, aber nicht mit einem Aeroplan, weil mit einem Aeroplan ist immer gleich das viele Gerenn und Gemach an den Ticket-Schaltern und den Gates und in dem Zollfrei, sondern Sie werden fahren zu Ihrem Ziel per Dampfer von einem Seehafen aus und in einer Kabine und spazieren auf dem

Deck von dem Schiff hin und her für Ihre Bewegung und dinieren am Tisch von dem Kapitän vielleicht noch, weil Sie doch fahren zu einem Kongreß wie ein Ehrengast, und alles ist arrangiert okay mit der Anreise und mit allem.

Und dann gehen Sie an Bord in dem Hafen und ein Boy bringt Ihr Reisegepäck in die Kabine und Ihr Weib tritt auch herein in die Kabine und gleich sagt sie, was willst du, daß ich soll kriegen einen Kollaps von meiner Klaustrophobie, du weißt daß ich leide an Klaustrophobie, und auch noch fängt die Kabine an zu zittern in dem Moment von der Maschine unten im Schiff, und meinem Weib wird das Herz in ihrer Brust ganz schwach davon, sagt sie; und wenn sie dann umfällt und vielleicht auch noch stirbt mitten auf See, sagt sie, sie will testamentarisch daß sie eingenäht wird in ein Segel und geschüttet wird über Bord, und ich sag zu ihr, du möchtest daß dich fressen die Fisch? – Und sie sagt, sollen mich fressen die Fisch, und ich sag so schlimm wird's nicht kommen hoff ich, doch, sagt sie, so schlimm wird's kommen mit mir, genau, und wer wird schuld sein an meinem frühen Tod auf See von Klaustrophobie und von dem Geruck und dem

Gezitter von der Maschine unten im Schiff in der engen Kabine?

Und sie zeigt auf mich wie ein Ankläger ein öffentlicher mit spitzen Fingern, und ich sag: Wer wird schon schuld sein? – ich.

Nur ist mein Weib nicht gestorben diesmal, Gott sei bedankt, und nicht zu Futter geworden für die Fisch, aber die Angst, welche ich verspürt hab, und meine Besorgnis wünsch ich auch meinem schlimmsten Feind nicht.

Oder wie ich bin gewesen im Hospital wegen meinem Gedärm. Also ich hab gelitten für ein paar Monate schon an meinem Bauch, und am Ende sagt die Frau Doktor, welche ist die Hausärztin von meinem Weib und von mir, die Frau Doktor sagt sie möchte daß ich mir bekucken lasse das Innere von meinem Gedärm und es spiegeln, und sie schickt mich zu einem Herrn Professor in ein großes Hospital, und der Herr Professor erklärt mir die Länge und die Breite was sie werden tun mit mir, und welche Pillen sie mir werden geben von vorne und welche Zäpfchen von hinten, und wie ich werd Wässer trinken müssen und andere Flüssigkeiten um gänzlich auszuspülen mein Inneres so sie können hineinschieben in mein Gedärm eine Sonde, eine lange, welche sich biegt, mit einer Linse vorn dran zum Durchkucken und zum Photographieren in meinem Gedärm, und was sie mir werden einspritzen damit ich nichts merk davon und keinen Schmerz, kurz, ich krieg's mit der Furcht und ich sag, aber bitte nicht was man nennt ambulant, und der Professor sagt, gut, bleiben Sie bei uns eben auf ein paar Tag, und darum bin ich gewesen in dem Hospital.

Und mein Weib ist gekommen jeden Nachmittag in das Hospital mich zu besuchen, in der Art nämlich ist sie sehr lieb und sorglich, und bringt mir auch schöne Blumen und was ich so brauch, mein Aftershave und ein Bürstchen für mein Zahnersatz, und dann, wie ich ihr erzähl daß der Professor schon nach dem Ultraschall was gesagt hat von Bauchspeicheldrüse und daß vielleicht was nicht stimmen möcht mit der meinigen, sagt sie sofort, sie hätt mich ja immer gewarnt vor meiner Bauchspeicheldrüse und hätt gleich gewußt daß was nicht stimmen möcht damit, aber ich hätt ja nicht gehört auf sie und hätt nicht getrunken die zweieinhalb

Liter Flüssigkeiten, Tee oder Mineralwasser oder Saft, welche ich müßt trinken am Tage zusätzlich im Alter sonst trocken ich aus und krieg eine Komplikation mit der Bauchspeicheldrüse und dazu noch eine Insuffizienz von der Niere und sterb ihr weg, und wer wird dran schuld sein?

Nu, wer, sag ich – und ich spür wie ich ganz klein werd und ganz häßlich, und duck mich in mein Hospitalbett mit meinem Schuldbewußtsein, und mein Weib stellt die schönen Blumen welche sie gebracht hat in eine Vase ganz lieb und sorglich; und ich sag, wenn ich ihr wegsterb, sag ich, werd ich reden mit den Engeln oben und werd ihnen sagen daß ich selber schuld bin wenn ich ihnen zur Last fall vor meiner Zeit, und daß mein Weib wär gleichfalls ein Engel wie die da oben in fast jeder Hinsicht, und mein Weib sagt, du wirst reden mit den Engeln? Woher weißt du, du wirst haben eine solche Gelegenheit, vielleicht wirst du gar nicht sein da oben sondern ganz woanders weil du nicht hast hören wollen auf mich.

Oder die Sache mit meiner Frierigkeit. Immer schon bin ich gewesen ein frieriger Mensch: wenn andere schon haben geschwitzt in dem bissel

Sonne welches wir haben in diesem Land und sich die Stirne gewischt mit ihrem Taschentuch, hab ich gesagt ich mag die Wärme und die Temperatur, könnt ruhig sein noch ein bissel wärmer, und wenn es kühler ist gewesen schon, im Herbst oder zeitigen Frühjahr und andre haben sich getummelt im Freien und sind herumgejoggt und dann ins Haus getreten mit roten Bäckchen hab ich gefroren sogar neben der Heizung in meinem Zimmer und hab den Einsteller an der Wand nach oben gestellt bis mein Weib ist gekommen und hat gefragt, Bist du verrückt? Soll ich ersticken vielleicht? Wenn du frierst, zieh dir an lange Unterhosen und deinen dicken blauen Pullover welchen ich dir hab geschenkt gegen deine Frierigkeit, aber laß deine Finger, deine blöden, von dem Einsteller an der Wand von der Heizung.

Und ich sag, ich haß lange Unterhosen, immer bleibt eine Lücke übrig zwischen dem untern Ende von dem Unterhosenbein und dem obern Ende von den Socken, und dann willst du auch nicht, sag ich zu ihr, daß ich soll tragen den dicken blauen Pullover gestopft in meine Hose hinein und die Hosenträger oben drüber. Und mein Weib erwidert, mußt du denn tragen deine Hosenträger, bei deinem Bauch hält deine Hose auch so, und ich sag, nein, sie rutscht, und ich will daß meine Hose festsitzt untenrum, und mein Weib sagt, bist selber schuld wenn deine Hose rutscht, was stopfst du dir soviel immer in die Taschen, dein Etui mit dem Hördings und dein Taschenmesser und die Pillenschachtel und dein Portemonnaie und deinen Schlüsselbund und dein was noch, jede Hose muß da rutschen, und ich sag, ich hab nur in den Taschen was ich brauch so am Tag, und ich möcht es trotzdem warm haben in meinem Zimmer wenn ich vielleicht darf, ich bin frierig. Und ich weiß, wieder bin ich schuld an dem Ganzen, und was ich auch immer red und ihr zu erklären versuch, meine Schuld bleibt hängen an mir.

Aber sie ist auch gut für eine Überraschung manchmal, mein Weib, ich werd Ihnen erzählen, Verehrter, damit auch Sie vorbereitet sind auf Überraschungen mit der ihrigen; ein Mann muß vorbereitet sein immer, sag ich, sonst könnt er kriegen einen plötzlichen Schlag im Gehirn oder sonstwo in seinem Kreislauf.

Also ich sitz auf meinem großen Lehnstuhl an unserm runden Tisch und denk nach, was ich wieder könnt falsch gemacht haben den ganzen Nachmittag und wie ich wieder schuld bin daß ich noch immer nicht hab zurückgerufen bei unserm gemeinsamen Freund Klaus welcher sich hat gemeldet und will uns beglücken mit seinem Besuch.

Aber auf einmal kommt dann, was ich Ihnen schon vorher gesagt hab, Verehrter, nämlich die Überraschung. Auf einmal lehnt mein Weib sich nach vorn, nicht viel, aber doch, so als wollt sie mir näherkommen ein bissel, und berührt mir die Hand mit der Spitze von ihren Fingern und fängt an zu reden ganz sanft, ich hätt doch gesagt, wie sie gewesen ist vor ein paar Tagen in dem großen Hospital mich besuchen und mir gebracht hätt die schönen Blumen und wie wir hätten geredet, kurz, hätt ich da nicht gesagt, es wär gut wenn wir auch reden würden zu Haus miteinander mit Zuneigung und mit Liebe ein paar Minuten jeden Nachmittag, und sie sagt daß sie mich doch lieb hat und daß ich ihr einziger Mensch bin, wen hätt sie denn sonst, und ich kuck sie an und fang an zu schlucken und sag ihr, daß ich auch wollt reden zu ihr mit Zuneigung und mit Liebe, und nicht nur am Nachmittag sondern immer, und sie wär doch auch mein einziger Mensch, und gerade in dieser Welt welche ist ein riesiges Babel von Sünde und von Gewalt müßten wir zwei ganz dicht uns halten aneinander, sie und ich, und wie ich sie so sehr lieb hab, und dann fang ich doch wieder an zu reden von Schuld, ich bin so gewohnt zu reden von meiner Schuld wegen meinem Schuldbewußtsein, aber diesmal red ich freiwillig davon und von innen heraus, von meinem Sonnengeflecht her, und von meinem Herzen, und sag ihr wie es mir leid tut, daß ich nicht längst schon hab angefangen auszudrücken meine große Nähe zu ihr und meine Liebe, und dieses wär wirklich und wahrhaftig meine Schuld, meine eigne, persönliche.

Wie ich bin hingestürzt

*I*ch bin gestürzt auf der kleinen Treppe vor der Tür zu unserm Haus weil ich immer bin in großer Hast, wie mein Weib sagt, und dann was falsch mach, einen falschen Schritt zum Beispiel oder zwei.

Also ich bin hingestürzt und hab dagelegen wie ein Käfer welcher gefallen ist auf seinen Rücken und nun strampelt mit seinen Beinchen, und hab einen Schmerz gehabt, einen schrecklichen, und hab mir gedacht, Gott, warum nur hast du mich nicht behütet und geschützt, so ein Unglück auf meine alten Tage, ich könnt mir gebrochen haben all meine Knochen in der Hüfte und wo noch, im Arm, und in den Schultern, und ich hab angefangen zu jammern bis mein Weib mich gehört hat und ist gekommen und hat gerufen, Was ist passiert, Mann, um Himmels willen, und was liegst du da wie ein Käfer welcher gefallen ist auf sei-

nen Rücken und nun strampelt mit seinen Beinchen?

Und ich hab gesagt, ich strampel nicht, nämlich
weil ich mich gar nicht rühren kann vor Schmerz,
was fragst du mich also; ein Weib, ein törichtes,
kann mehr Fragen stellen wie beantworten können
zehn weise Männer, frag dich lieber wie ich könnt
aufstehn und gelangen in unser Haus nachdem ich
gestürzt bin auf der kleinen Treppe davor.

Und hat mein Weib versucht mich anzuheben
mit all ihrer Kraft und Gewalt, aber ich bin nebbich
gewesen zu schwer für sie mit meinem Bauch, meinem dicken, und meinem Puckel wie ein Ranzen
und den dünnen Beinchen welche mich schon
kaum können tragen auch wenn ich bin nicht gestürzt, wie sollen die Beine mich da hochstemmen
können und tragen zum Aufstehen selbst wenn
mein Weib mir hilft und mich stützt, und ich hab
geredet mit Gott und zu ihm gesagt, Gott, vielleicht
bist du so lieb mir zu geben ein bissel Stärke daß
ich mich kann hochstemmen mit der Hilfe von
meinem Weib und gelangen in unser Haus und
mich hinschleppen in mein Bett. Und der alte jüdische Gott hat gesehen mein Elend und hat sich

erbarmt und hat gesagt zu mir, Erheb dich und steh auf, und ich bin aufgestanden, wie immer in zu großer Hast, und wär schon fast wieder gestürzt, aber ich hab mich geklammert an mein Weib und sie hat mich gestützt und mich festgehalten und hat mir gesagt ich bin selber schuld und ich soll nicht immer sein in so großer Hast; und so bin ich gelangt in unser Haus und hab mich geschleppt zu meinem Bett und bin da hineingesunken und hab gestöhnt, Weib, hab ich gestöhnt, ich bin nichts wie ein alter Beutel voll Knochen welche sind sämtlich kaputt und zerschlagen, tu mir die Liebe und dreh mich um und bekuck mir den Rücken ob mir heraussteckt dort eine gebrochene Rippe, oder auch mehrere, oder noch sind andere Unregelmäßigkeiten.

Und hat mein Weib mir ausgezogen meine alte Filzjacke und meine Cordhosen welche ich noch hab von zehn Jahren zurück, und hat aufgeschrien, Gott, wie sieht der Mann aus, wo bei ihm rechts war ist alles jetzt links, und dazu noch zerbeult und zerknetscht und zerrutscht, man muß holen die Dame welche macht unsere Massagen immer und renkt uns, aber ich hab gesagt bring mir lieber die Flasche im Schrank welche mir gegeben hat unser Freund der große Schauspieler und Singer vergangenes Jahr zu Weihnacht, ich bitt dich, und mein Weib hat gebracht die Flasche, und ich hab ihr gesagt, wenn schon alles zerbeult ist bei mir und zerrutscht und zerknetscht, wie du sagst, will ich wenigstens haben einen Drink, und sie hat gehalten die Öffnung von der Flasche an meinen Mund, und es war was man nennt eine richtige Wohltat, und ich hab geseufzt zu Gott und bin zurückgefallen in mein Kissen, und mein Weib ist gelaufen und hat geholt Salben und Fette und anderes Zeug und hat mich beschmiert damit von oben bis unten und von hinten bis vorn und dann hat der alte jüdische Gott mich einschlafen lassen auf eine Stunde oder zwei.

Aber wie ich bin aufgewacht danach hab ich erst gehabt Schmerzen wie ich hab noch niemals gehabt in meinem Leben und hab wieder gestöhnt und gejammert und gesagt, du hörst, Gott, du hast mir ein Zeichen gegeben von dir daß ich soll aufpassen und mich lieber zurückhalten ein bissel und nicht so voll sein mit Hast, wie mein Weib es auch immer sagt, denn wenn ich nicht hätte gehabt meine dauernde jüdische Hast wär ich auch nicht gestürzt auf der Treppe vor unserm Haus und hätt nicht dagelegen wie ein Käfer welcher gefallen ist auf seinen Rücken und nun strampelt mit seinen Beinchen, und hätt mir nicht alles zerbeult und zerrutscht und zerknetscht. So, Gott, wenn du könntest mir vielleicht wegnehmen einen kleinen Schmerz, vielleicht an der Stelle wo alles ist dick und geschwollen an meiner linken Hüfte und schillert in allen Farben von dem Regenbogen welchen du hast scheinen lassen für Noah und seine Familie und sein ganzes Viehzeug am Tag nach deiner großen Flut, so würd ich schon tun das eine oder andere von den vielen Sachen welche mein Weib immer von mir verlangt, zum Beispiel ich würd ihr nicht mehr so oft sagen mach dies und mach jenes sondern würd abwarten was sie macht von sich aus und würd sie machen lassen in Ruhe und mit Gottes Segen und ihr dankbar sein dafür, denn wenn man richtig hinkuckt ist sie gar kein so schlechtes Weib und nicht nur bedacht auf sich selber, sondern sie kümmert sich und ist besorgt, wenigstens manchmal.

Und ist sie gekommen und hat berührt meine Schmerzen mit zärtlichen Fingern, und ich hab nicht rühren können meinen linken Arm und mein rechtes Bein trotzdem, und mich nicht stützen können auf die Seite vom Bett, der Anblick war jammervoll. Und mein Weib hat mir gesagt sie hätt gesprochen mit der Dame welche macht unsere Massagen immer und renkt uns, und die Dame hätt gesagt ich müßt kühlen meine Stellen wo ich bin draufgestürzt mit Tüchern welche sind vorher getränkt mit kaltem Wasser oder so weil das Blut drunter was ist zusammengelaufen und drückt muß wieder auseinanderlaufen und sich verteilen, und mein Weib hat gesagt, dreh dich um und lieg auf dem Bauch.

Und ich hab gestöhnt und gejammert und hab gerufen, du hörst, Gott, wie sehr ich bin zerbeult und zerrutscht und zerknetscht, und jetzt soll ich auch noch mich umdrehn und liegen auf meinem Bauch. Aber mein Weib hat gesagt, tu was ich dir sag, hättst du immer getan was ich dir sag du wärst nicht gestürzt auf der Treppe vor der Tür zu unserm Haus und hättst nicht gelegen wie ein Käfer welcher gefallen ist auf seinen Rücken und nun

strampelt mit seinen Beinchen. Da hab ich gesagt, du hörst, Gott, wenn du mir wegnimmst vielleicht noch einen kleinen Schmerz, in meiner rechten Hüfte etwa, ich würd tun was mein Weib mir sagt und eine Ruhe geben und ihr nicht Vorschriften machen immerzu, du hörst.

Und dann hat mein Weib die Salbe genommen welche ihr gegeben hat die Dame welche macht unsere Massage immer und renkt uns und hat diese verrieben und verknuddelt auf meinen schmerzlichen Stellen und ich hab gestöhnt und gejammert aber es ist mir doch schon ein bissel leichter geworden und ich hab wieder geschlafen eine Stunde oder zwei, und wie ich aufgewacht bin hab ich gefunden mein Weib, wie sie hat gesessen an meinem Bett mit dem Kopf runtergesunken so müde ist sie gewesen von der Pflege und Fürsorge für mich.

Und danach ist sie zusammengeschreckt auf einmal und hat gesagt, Mann, hat sie gesagt, wie ist dir? Und ich hab gesagt, Nu, ich weiß nicht, aber vielleicht doch schon ein bissel besser. Und dann hab ich wieder geredet mit Gott und hab zu ihm gesagt, Kannst du vielleicht machen, Gott, daß ich wieder hochkomm hinten und kann aufsitzen und gehen mit meinem Stock ein Stückel und mir holen die andere Flasche aus dem Schrank welche mir gegeben hat unser Freund der große Schauspieler und Singer vergangenes Jahr zu Weihnacht, und da hat mein Weib ihre Hand gelegt auf mein Steißende wo ist alles gewesen in den Farben von dem Regenbogen welchen Gott hat scheinen lassen auf Noah und seine Familie und sein ganzes Viehzeug am Tag nach Seiner großen Flut, und sie hat da gerieben und geknuddelt mit ihren Fingern, und auf einmal hab ich mich wirklich gefühlt ein bissel besser und hab mich aufgerichtet und gesagt, du hörst, Gott, ich werd dir ein Versprechen geben welches ist wie der große Eid den Abraham hat geschworen wie du ihm gesagt hast er soll doch lieber nicht schlachten seinen Sohn Isaak sondern statt dem Isaak lieber ein Lamm, und ist mein Versprechen daß ich von jetzt an immer werd tun was mein Weib mir sagt, bloß, was sie mir sagt und wie sie es sagt geht mir so auf den Nerv, aber ich werd es doch tun, denn du hast mir ein Zeichen gegeben wie du mich hast stürzen lassen auf der Treppe vor unserm Haus daß ich gelegen hab wie ein Käfer welcher ist

- ein Weib muß auch
mal eine Freude haben ..

umgefallen auf seinen Rücken und strampelt mit seinen Beinchen, und wenn jetzt kommen wird bald der Geburtstag von meinem Weib werd ich ihr sagen von meinem Versprechen, nämlich damit sie eine Freude hat, denn ein Mensch ist ein Mensch und ein Weib muß auch mal eine Freude haben, eine persönliche, nachdem sie das ganze Jahr über gelebt hat in Ärger und Bedrängnis und ganz herunter ist mit ihren Nerven und ihrem Herzen und fahren muß ans Tote Meer in Israel für die Bäder mit Salz und mit Schwefel und die Sonne, zusammen mit ihrem Mann, welchen sie geschleppt hat von der Tür von unserm Haus bis in sein Bett, und ihn gepflegt hat in seinen Schmerzen und die Öffnung von der Flasche welche uns geschenkt hat unser Freund der große Schauspieler und Singer ihm an den Mund gehalten hat, also ich schwör ich werd tun von jetzt an was sie mir sagt, du hast gehört, Gott?

PIN

*E*in Pin ist eine Nadel oder auch ein Reißzweck mit welchem du pinnst was an eine Oberfläche wie zum Beispiel an eine Wand oder den Deckel von deinem Kasten oder auch du nähst ein Loch zu damit in deiner Hose mit Hilfe von einem Faden.

Wie ich gewesen bin ein junger Mann und schön und kräftig und ein Soldat in der Armee, der amerikanischen, haben wir genommen ein Stück Glanzpapier wo drauf ist gedruckt gewesen ein Girlie mit grossen Zitzkerles links und rechts und ein festen Hinteren und es gepinnt an die Innenseite von der Wand von dem Schrank in welchem wir haben gehabt unsre Ausgehuniform und ein bissel Wäsche, und genannt haben wir dieses Bild ein Pin-up und es war da für die Verbesserung von der Moral von der Armee.

Nu, heute ist eine andere Zeit mit Elektronik

und mit Chips und mit CD und mit Zippers welche in gewisser Weise sind wie ein Reißverschluß wo auch keiner weiß wie er funktioniert, aber er funktioniert, und alles wird umgestellt auf diese neue Sachen, und die Hauptsache was der Mensch lernen muß heutzutage ist sein Pin, weil ohne Pin kommt keiner heran an die Information über sein eigenes Geld, welche Information ist gespeichert an allen möglichen Orten, in der Bank oder in sein elektronische Notizbüchel oder vielleicht auch noch in seinem eigenen Kopf.

Aber bei mir, wenn ich hör das Wort Pin, seh ich immer das Girlie in meinem Schrank in der Armee und meine Gedanken werden weggelenkt von dem Zweck welchen ich eigentlich will. Und der Zweck ist das Geld was ich will holen von meinem Konto in meiner Bank mit Hilfe von meiner Kreditkarte welche ich hab bekommen von meiner Bank, und mit Hilfe von dem Pin.

So eine Kreditkarte ist auch so ein Wunderwerk, ein modernes. Es ist eine kleine Karte aus einem Kunststoff wo drauf sind eingestanzt lauter Nummern und dein Name und Informationen von anderer Art noch, und mit welcher du kannst gehen in einen Shop oder in eine Boutique und dir aussuchen was du willst haben für dich oder für dein Weib oder auch deine Kinder und dann legst du hin an der Kasse nicht etwa einen Geldschein oder Münzen sondern eben deine Karte und der Kassier nimmt die Karte und steckt sie rein in eine kleine Maschin welche er hat da stehen, und dann kommt ein Gesurr und ein Geklapper, und dann kommt heraus wieder deine Karte und ein Zettel dazu wo draufsteht deine Rechnung, sauber gedruckt und fertig ausgerechnet, und du schreibst drunter deinen Namen. Und dann, von ganz allein und automatisch, wird informiert deine Bank was du hast ausgegeben und was du mußt bezahlen dem Shop oder der Boutique und deine Bank überweist alles von deinem Konto samt einer Gebühr für sie selber natürlich, und alles ohne daß du bist dagewesen, und das ist auch so ein Wunder von unserer Zeit.

Oder du kannst auch gehen mit deinem Weib und deiner Karte in ein Restaurant und kannst speisen dort und zahlen damit für euch zwei, oder zu einem Bankomat, und solch Bankomaten stehen an Ecken von der Stadt wo ist viel Publikum und Verkehr und dich nervös machen sowieso, und kannst reinstecken deine Karte in einen Schlitz in dem Bankomaten, und dann kommt ein Licht, und das Licht leuchtet auf ein flaches Glasel, und auf dem Glasel steht, Gebense ein Ihren Pin. Und dann mußt du drücken auf Knöpfe wo sind eingestanzt Nummern, und mußt drücken auf die Knöpfe mit den Nummern von deinem Pin drauf eine nach der andern, und dann kommt da wieder ein Licht und dann steht auf dem Glasel, Wieviel wollense haben, Herr? Und dann drückst du wieder auf die Knöpfe mit den Nummern drauf und drückst ein wieviel du willst haben, und dann geht auf eine Klappe unten und du nimmst heraus Geld. So einfach ist das, und so automatisch, aber es gibt eine Menge von Fallen dabei wo du kannst Fehler machen, und von Hindernissen.

Denn der Mensch ist nicht gebaut für soviel Automatik nur damit er herankommt an sein eigenes Geld. Der Mensch ist gebaut daß er geht zu einem Freund oder einem Bekannten oder einem Bänker zu welchem er sagt, ich brauch ein Geld, kannst du mir nicht leihen ein Geld und ich geb dir dafür einen Zins. So ist der Mensch gebaut und

nicht für soviel Automatik und soviel Wissenschaften und Technik.

Und du wirst dringend gewarnt nicht zu schreiben die Nummern von deinem Pin auf ein Zettelchen Papier und zu haben das Zettelchen Papier zusammen mit deiner Karte, denn wenn einer wegnimmt von dir und stiehlt deine Karte zusammen mit dem Zettelchen Papier dann kann er selber auch hingehen wie du zu einem Bankomat und ein Geld rausholen, dein Geld nämlich, was dann wird abgezogen von deinem Konto in deiner Bank, und kann es sich einstecken in seine Taschen, der Ganeff, der Räuber, also wirst du gewarnt, Vorsicht, Herr, haltense getrennt Ihre Karten und Ihren Pin, und Ihren Pin am besten in Ihrem Gedächtnis, wenn Sie nicht schon haben ein Alzheimer in Ihrem Gedächtnis in dieser stressigen Zeit.

Mich macht das mit dem Pin richtig nervös, denn ich hab von Natur her schon was Nervöses, und der Doktor Mendel welcher ist mein Psychiater sagt es ist kein Alzheimer aber trotzdem vergess ich immer wieder die Nummern von meinem Pin, und wenn auf dem Glasel von dem Bankomat steht, Gebense ein Ihren Pin, Herr, steh ich da auf einmal und hab in meinem Kopf ein Loch wo ich sollt haben meinen Pin, oder ich drück auf die Knöpfe mit den Nummern drauf einen falschen Pin, aber dann kommt erst die richtige wie man sagt Katastrophe, denn wenn du hast eingegeben mehr als ein einziges Mal einen falschen Pin machst du dich was der Bankomat nennt strafbar und der Bankomat schluckt deine Karte und gibt sie nicht mehr zurück und dann stehst du da ohne dein Geld und ohne deine Kreditkarte und ohne alles und bist ein ganz ein armer Mensch und ein großer Nebbich, und ganz ohne deine eigene Schuld. Und weil ich weiß von diesen Möglichkeiten, geh ich lieber erst gar nicht ran an die Bankomaten mit meiner Kreditkarte und meinem Pin, und bin ein ganz ein armer Mensch und ein großer Nebbich welcher sich sorgt um sein Geld weil er nicht rankommt an sein Geld mit seiner Karte und seinem Pin.

Den Pin schickt dir zu deine Bank wenn du bestellst bei ihr eine Kreditkarte welche du brauchst wenn du willst shoppen in einem Shop oder einer Boutique oder auch einem Einkaufscenter, und deine Bank schreibt dir einen Brief wo sie mitteilt die Nummern von deinem Pin und sagt, vernichten

Sie diesen Zettel bitte und lernen Sie auswendig Ihren Pin und tragen sie keinen Zettel mit den Nummern von Ihrem Pin drauf zusammen mit Ihrer Karte, denn damit begebense sich in Gefahren. Und so macht deine eigene Bank dich noch mehr nervös wenn du bist sowieso schon nervös von deiner Natur aus und von der modernen Elektronik und Chips und CD und alles.

Und wenn du willst richtig lieb sein zu deinem Weibe und ihr schenken eine Kreditkarte dass sie kann shoppen damit dann schickt dir die Bank noch eine Kreditkarte mit dem Namen drauf von deinem Weibe aber auf dein Konto, und hinten auf der Kreditkarte wo ist der graue Streifen wie ein Hintergrund muß sie schreiben ihren Namen wie eine Signatur damit sie auch wissen in den Shops und in den Boutiquen und auch in den Restaurants daß sie echt ist, ihre Kreditkarte, und sie selber auch. Und das Weib freut sich daß sie nun auch hat so eine Kreditkarte und weil sie nun herankann an dein Geld und muß nicht fragen und bitten gib mir ein Geld bitte ich will gehen in einen Shop oder eine Boutique oder in das neue Einkaufscenter sondern sie geht einfach hin und holt sich was sie will und geht zum Kassier und legt hin ihre Karte, und wenn kommt die Abrechnung von deiner Bank siehst du auf der Spalte wo steht Zu Ihren Lasten lauter Summen von welchen du hast nie was gehört vorher und du erschrickst dich halb zu Tod.

Und wenn du ihr sagst, Liebste, aber so war das nicht gemeint mit der Elektronik und den Chips und der CD und mit deiner Kreditkarte, dann kuckt sie dich an mit großen unschuldigen Augen und fragt dich zurück ob sie nicht wert ist vielleicht die Summen welche die Bank hat aufgelistet wo steht Zu Ihren Lasten und ob sie soll vielleicht selber aufschreiben und dir vorlegen was das wert ist was sie tut für dich von früh wenn sie aufsteht bis abends wenn sie sich hinlegt ganz müd und erledigt und zwischendurch macht dein Bett und saugt deinen Teppich und kocht dein Essen und macht sich einen Kopf für dich und hilft dir bei deinen Gedanken, und von was sie einkauft auf ihre Kreditkarte ist auch noch die Hälfte für dich wie neulich das warme Hemd für den Winter, und wenn ich hätt ein Alzheimer das wär nicht so schlimm aber ich sollt nicht dazu noch sein kleinlich und undankbar.

Ich kenn das wenn sie so spricht zu mir mit Strenge und mit Konsequenzen, dann geh ich, was man nennt, in mich und werd ganz weich in meinem Herzen und voll Reue und voll Nachdenklichkeit, und ich sag ihr wenn sie schon hat eine eigne Kreditkarte warum soll sie nicht haben ein eignes Konto auch noch in der Bank und ich werd drauftun auf ihr Konto ein eignes Geld damit sie sich nicht soll fühlen eingeschränkt und wie ein kleiner Nebbich wenn sie geht shoppen in einen Shop oder eine Boutique oder ein Einkaufscenter, und dann wird gehn alles mit ihrer original eignen Kreditkarte auf ihre original eigne Rechnung und sie wird sein gleichberechtigt und gleichgestellt und gleichgroß und gleichbehandelt und überhaupt gleich in allem und auf eigenen Füßen wie die Weiber sind geworden in unserer Zeit, nur soll sie bitte sein auch gleich lieb mit mir, zu Weihnacht und zum Neuen Jahr und immer und stets solang ich noch leb, und soll nur nicht vergessen ihren Pin.

Boiberiker Verkehr

Von den Verhältnissen
von dem Verkehr in Boiberik

*B*ei uns in Boiberik haben wir was man nennt einen großen Verkehr. Wir haben eine Straßenbahn und einen gelben Bus für das gemeine Publikum, und für die Gesellschaft, die gehobene, Wagen von der Firma Mercedes und von anderen Marken auch, wo man sitzt am Steuer in Person und lenkt nach rechts und nach links um die Ecken oder gradaus, je nachdem, und auch Wagen, welche sind importiert aus Japan, und Lastautos für die Lasten, für Säcke und Fässer und Bretter und was noch, und sind die Straßen voll bis zum Rand und mit Stau, und die Polizei kommt und sagt, Parkieren verboten, damit der Verkehr in Boiberik bleibt flüssig; nur die welche können nicht gut laufen dürfen parkieren, mit einer Genehmigung welche ist numeriert von der Polizei.

Sind wir neulich gegangen, mein Weib und ich,

61

in ein nobles Restaurant und haben gehabt zu essen ein Carpaccio, was ist rotes Rindfleisch, dünn gehobelt, mit einer Sauce, einer pikanten, und sie hat gehabt ein paar Glas Wein, und wir haben geredet von uns selber und von Politik und von dem Leben, und ob ich soll vielleicht werden ein Kandidat für Bürgermeister von Boiberik in der Kampagne welche sein wird diesen Herbst, und war sehr gemütlich alles und anregend so daß die Zeit ist vorbei gegangen an uns wie im Flug, und zum Schluß hab ich gezahlt an den Kellner und ihm gegeben ein Trinkgeld, ein reichliches, und sind wir rausgegangen zu unserem Wagen von der Firma Mercedes, welchen wir haben parkiert mit allen Stickers dran wo draufstehen die Genehmigungen und mit einer Bestätigung daß ist erlaubt für uns zu parkieren vor dem Restaurant, weil ich nicht kann so gut laufen, und wir haben wollen heimfahren in unserem Wagen in die Vorstadt von Boiberik.

Und treten wir raus aus dem Restaurant, und ich seh daß mein Weib hat auf einmal ihr Oi-weh-Gesicht mit großen feuchten Augen und mit Blässe und hör wie sie ruft, der Wagen ist weg! Und ich sag, das ist eine Unmöglichkeit, ich hab gelassen

den Wagen ganz fest verschlossen mit allen Stickers dran wo draufstehen die Genehmigungen und mit der Bestätigung, und den Motor abgestellt und die Bremsen angezogen an die Achsen, aber mein Weib sagt zu mir, der Wagen ist weg, siehst du ihn vielleicht, steig doch rein in den Wagen, wenn er ist da, aber er ist nicht da.

Und ich seh daß mein Weib hat recht wie gewöhnlich, und ich fang an ein Geschrei, Polizei! Der Wagen ist weg! Polizei! Wo ist die Polizei? Immer wenn einer sie braucht, die verfluchte Polizei, ist sie weg!

Mein Weib aber ist eine erfahrene Person in Angelegenheiten welche betreffen die Öffentlichkeit und im Verkehr mit amtlichen Personen und sie sagt, Gib schon Ruhe mit deinen Nerven, wenn du wirst aufregen deine Nerven wie willst du werden Bürgermeister in Boiberik in der großen Kampagne welche sein wird diesen Herbst, du hörst?

Und sie nimmt mich bei meiner Hand und schleppt mich zurück in das Restaurant zu dem Kellner und sie sagt, Sie müssen helfen, Herr Ober, bittschön und danke im voraus, einem armen Menschen welchen man hat beraubt um seinen Wagen

von der Firma Mercedes vor dem Eingang von diesem Restaurant entweder durch Diebstahl von Räubern oder durch die Polizei selber, die Ganoven.

Und legt der Kellner sein Gesicht in Falten und
fängt an zu klären. Und wie er hat fertig geklärt,
sagt er zu meinem Weib, Gehen Sie herum um die
erste Ecke links und dann zwei Ecken gradaus und
dann rechts zu einem großen Parkierplatz und
Sie werden sehen dort steht Ihr Wagen von Mercedes und fahren Sie weg damit, aber nicht ein Geschrei machen nach Polizei oder so, sonst nimmt
die Polizei Ihnen gleich ab ein großes Strafgeld
wegen Verstoß gegen die Regeln vom Boiberiker
Verkehr.

Und später sagt mir mein Weib daß das ist gewesen ein Opfer von dem Kellner, nämlich weil er
selber telephoniert immer an die Polizei und sagt
ihnen da steht wieder ein Auto von der Firma Mercedes vor dem Restaurant oder auch aus Japan,
und er kriegt Prozente von dem Strafgeld wegen
Verstoß gegen die Regeln von dem Boiberiker Verkehr.

Und sind wir losgerannt um die erste Ecke links
und dann zwei Ecken gradaus und dann rechts zu

dem großen Parkierplatz, und mein Weib hat ge-
wehklagt daß ihr Herz pumpert in ihrer Brust wie
verrückt und sie hätt einen Schmerz nebbich in der
Hüfte dazu, und sie hat gehabt weiche Knie vor Auf-
regung, und ich auch, aber da hat gestanden auf
dem Parkierplatz unser Auto von Mercedes mit
allen Stickers dran und den Bestätigungen. Und
mein Weib dreht sich um zu mir und sagt, Nu, weißt
du nu was für ein Schatz ist dein Weib? Du hättst gemacht ein großes Geschrei und wär gerannt gekommen die Polizei und du hättst müssen zahlen
ein großes Strafgeld wegen Verstoß gegen die Regeln vom Boiberiker Verkehr, und wieviel Prozent
von dem Strafgeld bekomm ich für meine Ge-
scheitheit und weil ich hab dich gewarnt du sollst
nicht wieder machen ein Geschrei?

Da hab ich genommen die Hand von meinem
Weib und hab geküßt ihre Finger und hab gesagt,
solch ein Weib hat kein anderer Mann in Boiberik
und auch in der ganzen Welt, und nie mehr werd
ich behaupten, und nicht einmal denken im Innern, daß sie ist eine Last, eine seelische, und ein
Schmerz in der Anatomie, und dieses, versteht ihr,
sind die Verhältnisse von dem Verkehr in Boiberik.

Warten auf den Hale-Bopp

Sicherheit. Wer will nicht haben Sicherheit, frag ich Sie, zu Haus oder auf der Straße in dem Verkehr, dem schrecklichen, von den Autos, oder wenn er geht zu Fuß irgendwohin, in sein Büro falls er hat ein solches, oder zu seinem Kaffeehaus, oder einfach spazieren zu seinem persönlichen Vergnügen, und auch für sein Geld will man Sicherheit irgendwo; aber besonders eben zu Haus, welches die Engländer nennen ihr Castle, will man sein sicher vor Dieben und Räubern und Mördern – also das ist ein natürliches Gefühl was der Mensch allgemein hat in seiner Brust, und er tut was er kann dafür und damit er besser kann schlafen des Nachts bei seinem Weibe.

Aber wenn einer erst wird eine sehr wichtige Person oder, abgekürzt, ein VIP, dann braucht er eine solche Sicherheit noch viel mehr; und wie ich selber geworden bin eine Very Important Person weil die Menschen mir gegeben haben ihr Vertrauen und ihre Stimme und mich hineingewählt haben in den großen Bundestag in welchem man kann votieren für das oder jenes Gesetz aber richtig entschieden darüber wird ganz woanders, hab ich geredet mit meinem Weib und sie hat gesagt, Was ist mit den Türen von den Terrassen am Haus, der oben und der unten, das nennst du Sicherheit wo einer nur zu drücken braucht auf die Klinke kräftig oder zu stoßen gegen das Glas mit einem bissel Gewalt und er ist drin im Haus und kann sich mitnehmen die ganzen Papiere von der geheimen Politik und meine paar Schmuckstücke dazu und dein Geld im Schreibtisch und keiner stoppt ihn?

Und haben wir gerufen den Chef von einer Baufirma welchen ich hab gekannt durch den Wirt von meiner Kneipe im Walde und welcher ist ein ehrlicher Mensch, was eine Seltenheit ist in dem Geschäft, und ich hab ihn gefragt was er mir rät und was es würd kosten wenn er es macht für die Sicherheit von meinem Haus.

Und er hat gesagt, ich müßt haben Türen wo man nicht hereinkommt ins Haus und wieder heraus mir nichts dir nichts und kann sich mitnehmen die ganzen Papiere von der geheimen Politik und die Schmuckstücke von meinem Weibe und mein Geld im Schreibtisch, und statt der Klinke müßt sein draußen an der Tür ein metallener Knopf welchen man kann nicht herunterklinken und ein Sicherheitsschloß welches man kann nicht öffnen so einfach weil es braucht einen speziellen Sicherheitsschlüssel, und das Glas an der Tür müßt auch sein ein Sicherheitsglas welches man nicht kann so einfach einstoßen mit einem bissel Gewalt, und der Preis würd sein moderat, und ich hab zu ihm gesagt, Okay und in Ordnung, und wir haben einen Wodka getrunken auf den Handel in der Kneipe im Walde.

Und so sind dagewesen Handwerker und wir haben bekommen die Sicherheiten, mein Weib und ich, und haben sie gehabt an unserm Haus auch noch wie ich bin zurückgetreten aus dem großen Bundestag weil ich mir nicht hab erhöhen gewollt meine Diäten, welches sind die Gelder die einer kriegt wenn er da sitzt in dem Hohen Haus und votiert für das oder jenes Gesetz aber richtig entschieden wird alles ganz woanders, und nicht hab

71

mitmachen gewollt den großen Fischzug in die Taschen der Wähler; nicht daß ich bin ein so edler
Mensch, aber zuviel ist mir gewesen zuviel.

Und nun will ich Ihnen erzählen wie sich haben
ausgewirkt die Sicherheiten an dem Tag, wo ist gekommen aus den tiefsten Tiefen von dem Weltall
der Komet Hale-Bopp über unser Haus und ich hab
gewollt ihn beobachten in der Nacht mit seinem
hellen Schwanz von unsrer Terrasse oben weil der
Komet wird erst wiederkehren in etwas über dreitausend Jahren und ich dann wahrscheinlich nicht
mehr werd da sein ihn zu beobachten ein zweites
Mal und auch nicht mein Weib.

Aber zuerst ist es noch Tag und die Sonne
scheint so lieblich und warm daß mein Weib sagt zu
mir ob wir nicht wollen uns ausziehen und uns hinlegen in der freien Natur auf den Liegestühlen welche wir haben stehen auf der Terrasse oben, und sie
geht und placiert auf die Liegestühle zwei Matrat-
zen welche sie geschleppt hat aus unserm Schlafzimmer durch die Tür oben mit der neuen Sicherheit und dazu je ein Badetuch, und sie sagt ich soll
zumachen gefälligst die Tür zur Terrasse unten damit keiner ins Haus kommt ohne unsere Kenntnis

in der Zeit wo wir liegen nackicht auf der Terrasse oben, und ich denk, sowieso wird es dauern noch eine Weile bis es wird dunkel sein und der Hale-Bopp auftauchen aus den Tiefen von dem Weltall, und was kann einer tun bessres für seine Haut und seine Kischkes als aufsaugen ein bissel Sonne in der freien Natur inzwischen, und ich sag zu meinem Weib, daß sie recht hat wie immer und daß es wird sein eine geschenkte Stunde zum Guten.

Und wie wir noch da liegen auf der Terrasse oben und ich mich reck und streck vor Behagen spür ich ein Lüftchen plötzlich und hör ein »Plopp!« – nicht einmal ein lautes –, und ich denk, das wird wohl die Tür sein von unserm Schlafzimmer zur Terrasse oben auf welcher wir liegen und die Tür ist zugefallen, und ich seh wie mein Weib aufsteht eilig von ihrem Liegestuhl und hingeht zu der Tür und an dem Knopf dreht welchen der Handwerker von der Baufirma hat festgemacht wo vorher gewesen ist die Klinke, und hör einen Schrei, einen unterdrückten, und wie mein Weib ruft meinen Namen, und ich soll kommen, rasch, und kucken.

Und ich kuck und seh den Knopf so schön blank

und solide und bin ganz stolz auf die neuen Sicherheiten von unserm Haus, und mein Weib sagt,
Versuch mal! Und ich versuch zu drehen an dem
Knopf, aber der Handwerker hat gemacht eine solide Arbeit und der Knopf rückt nicht und rührt
sich nicht und die Tür bleibt zu mit nicht dem
kleinsten Ritz wo man könnt zwischengreifen vielleicht und ziehen und machen, und der Handwerker hat mir gesagt seinerzeit es wird brauchen
einen Sicherheitsschlüssel, einen speziellen, um
aufzukriegen die Tür, aber woher soll ich nehmen
einen Sicherheitsschlüssel wenn ich bin nackicht
und mein Weib auch, und ich weiss und Sie wissen,
dass die nackichte Haut hat keine Taschen.

Und ich greif mir das Badetuch von meinem
Liegestuhl und schlag mirs um meine privaten Teile,
und ich denk, warum schickt Gott diese Katastro-
phen immer zu mir, und ich spür wie Panik beginnt
mir heraufzukriechen durch die Nerven von meinem Rückgrat, und ich fang an hin- und herzu-
laufen auf der Terrasse von links nach rechts und
rechts nach links, immer zwischen den Liegestühlen
durch, weil ich mich frag wie wir je wieder sollen hereinkommen in unser Haus mit den neuen Sicher-

heiten welche wir haben uns einbauen lassen von den Handwerkern, und ich überleg ob ich soll klettern über das Gitter am Ende von der Terrasse und hinüberspringen auf den Apfelbaum welcher dort wächst in unserm Garten und herunterklettern von Ast zu Ast, aber dann krieg ich Angst es könnt doch aussehen sehr komisch wenn ich da in dem Baum herumturn so nackicht, und sowieso würd ich herunterfallen dabei und mir zerbrechen meine Füß und andere Knochen noch, und selbst wenn ich heil bleib wie soll ich hereinkommen in unser Haus, wo doch auch dort alles zu ist mit der neuen Sicherheit nachdem mein Weib mir noch gesagt hat ich soll abschließen die Tür zur Terrasse unten, und ich weiß mir keine Antwort und kein Ausweg und bin ganz mewulwel in meinem Gehirn. Und hör dazu plötzlich wie mein Weib anfängt zu lachen, und ich frag, was lachst du, bist du meschugge geworden, oder weißt du vielleicht wie wir je wieder sollen hereinkommen in unser Haus mit den neuen Sicherheiten welche wir uns haben einbauen lassen, und in einer halben Stunde wird weg sein die Sonne welche jetzt scheint so lieblich und warm, und beide werden wir uns abfrieren unsere wertvollsten Teile und kriegen eine Pneumonie, und mein Weib sagt, sie hat gelacht weil sie sich vorgestellt hat was die Nachbarn und die ganze Mischpoche von den Nachbarn werden sagen wenn sie hören die Geschichte von mir und ihr, beide schon nicht mehr so schön und so jugendlich, wie wir hin- und hergerannt sind nackicht auf unsrer Terrasse oben und nicht zurückgekonnt haben in unser Haus wegen der neuen Sicherheiten.

Und hab ich ein Gefühl wie wenn mir platzt eine Ader in meinem Kopf wenn ich denk daß wir werden warten müssen stundenlang auf Hilfe, und woher soll kommen die Hilfe, und daß wir werden bleiben müssen nackicht auf unsrer Terrasse oben bis in die Nacht vielleicht und der Hale-Bopp kommt aus den Tiefen von dem Weltall, und auch danach noch, und daß außerdem mein Weib ist geworden meschugge weil sie hier steht und lacht und nicht erkennt was das wird bedeuten für unsre Gesundheit und unsre Zukunft.

Aber es muß doch geblieben sein ein Rest von Verstand in ihr, denn auf einmal seh ich wie sie herumwedelt mit den Armen wie ein Matros auf einem sinkenden Schiff und hör wie sie schreit, Frau Bergfeld! Frau Bergfeld!

Frau Bergfeld ist unsre Nachbarsfrau von zwei Häusern weg, und ich seh wie Frau Bergfeld unten vorbeihinkt auf der Straße mit ihrem Krückstock, weil Frau Bergfeld hat gehabt ein Operation an ihren Knien vor langer Zeit schon welche ist nicht gut gelungen und muß sich herumschleppen durchs Leben mit Schmerz und mit Schwierigkeit, und ein bissel schwer von Gehör ist sie nebbich auch.

Aber was tut Gott? Gott macht, daß Frau Bergfeld doch hört das Geschrei von meinem Weib und bleibt stehen und kuckt, und wie sie uns sieht auf unsrer Terrasse fragt sie, was ist los, daß wir sind nackicht da oben, mit nur einem Badetuch herumgewickelt um unsre privaten Teile, und winken und rufen?

Und mein Weib ruft herunter was passiert ist, und daß der Wind hat gemacht »Plopp!« mit der Tür und wir nicht zurückkönnen in unser Haus, und in einer halben Stunde wird weg sein die liebliche Sonne und wir werden kriegen die Pneumonie. Und sie sagt sie weiß daß alles sehr schwer ist für Frau Bergfeld, aber ob Frau Bergfeld nicht doch könnt gehen zu ihrem Telephon zuhaus und anrufen einen Handwerker welcher würd aufstem-

men die Sicherheit an unsrer Tür unten und reinkommen ins Haus und die Treppe drinnen im
Haus hinauf und öffnen die Tür zur Terrasse oben
von innen, damit wir wieder hereinkönnen in
unser Haus.

Und Frau Bergfeld sieht die Not in welcher wir
sind, mein Weib und ich, und sie sagt sie wird tun
ihr Möglichstes, und hinkt zu ihrem Haus um zu
telephonieren zu einem Handwerker welcher würd
aufstemmen die Sicherheit an unsrer Tür unten;
und dann ist sie wieder da und ruft herauf zu uns,
daß der Handwerker wird kommen in einer kleinen Weil und wir sollen nur mutig bleiben und aushalten, und ich beginn eine Hoffnung zu haben
wieder daß wir doch vielleicht werden noch einmal
hineinkönnen in unser Haus, mein Weib und ich,
und nicht werden sterben an der Pneumonie weil
die Sonne wird weggegangen sein und wir müssen
sitzen in der Kälte auf der Terrasse oben bis der
Hale-Bopp kommt aus den Tiefen von dem Weltall
und noch länger möglicherweise; aber in dem Moment hat mein Weib wieder eine Idee, und sie ruft
herunter zu Frau Bergfeld ob sie könnt bitte gehen
zu der Tür von unsrer Terrasse unten und kucken

ob die Tür ist auch wirklich zu und abgeschlossen, weil ich nämlich einer bin welcher nie hinhört wenn sie mir sagt ich soll was machen, und sie hat mir gesagt ich soll diese Tür abschließen, und werd ich vielleicht offengelassen haben die Tür gerade darum.

Und Frau Bergfeld geht hin zu der Tür von unsrer Terrasse unten, und dann hinkt sie eilig zu der Seite von unserm Haus wo ist die Terrasse oben und ruft herauf zu uns daß die Tür von unsrer Terrasse unten ist offen, und mein Weib juchzt mit Erleichterung und sagt es ist doch vielleicht gar nicht so schlecht daß ich nie hinhör wenn sie mir sagt ich soll was machen, und Frau Bergfeld möcht bitte ins Haus hineinkommen durch die offene Tür und die Treppe drinnen herauf und in unser Schlafzimmer, und soll auf die Klinke drücken welche innen an der Tür ist zur Terrasse oben, und dann wird werden alles gut; ein so ein gescheites Weib hab ich, und dazu so ideenreich, und so einsichtig.

Und dann seh ich durch das Sicherheitsglas von der Tür zu unsrer Terrasse oben die Gestalt von der Frau Bergfeld und wie sie aufklinkt die Tür von innen, und ich halt mein Badetuch fest um meine privaten Teile mit meiner einen Hand und mit der zweiten umarm ich die Frau Bergfeld, und mein Weib umarmt sie von der anderen Seite, und beide stammeln wir vor lauter Rührung wie wir ihr dankbar sein werden unser ganzes Leben weil sie uns doch errettet hat von der Pneumonie und womöglich noch Schlimmerem.

In dem Moment klingelt es auch an der Haustür und ein Handwerker steht da und ruft von unten, wo er soll aufstemmen die Sicherheit und an welcher Tür. Und ich renn runter die Treppe mit dem Badetuch geschlungen um meine privaten Teile und erklär ihm, daß er nicht braucht aufzustemmen die Sicherheit, weil ich hab nicht gemacht wie mir mein Weib gesagt hat und hab nicht verschlossen die Tür zu der Terrasse unten, und daß die Frau Bergfeld ist hereingekommen ins Haus und die Treppe hinauf und hat von innen aufgeklinkt die Tür zu der Terrasse oben, und daß er mir hat zurückgegeben meinen Glauben an die Menschheit durch seinen prompten Service und wieviel bin ich ihm schuld dafür? Und hab auch noch mal gesagt ein Dankeschön der Frau Bergfeld von zwei Häusern weg für ihre gutnachbarliche Hilfe und ihre

Selbstaufopferung, und dann haben wir uns angezogen, ich mein Pyjama mit den kurzen Hosen und
mein Weib ihr künstlerisch besticktes Nachthemdchen, und uns gelegt in unser Bett, weil wir sind gewesen total erschöpft mit den Nerven und überhaupt.

Und wie ich bin aufgewacht später ist es schon
gewesen dunkel draußen und ich hab gesehn
durch das Sicherheitsglas in der Tür zu unsrer Terrasse oben wie die Sterne blinkern am Himmel, da
fällt mir ein plötzlich der Hale-Bopp auf welchen
wir haben gewartet schon am Nachmittag wie noch
ist gewesen die Sonne so lieblich und warm und die
Ursache von der ganzen Aufgeregtheit welche uns
hat so erschöpft daß wir gleich sind gegangen zu
Bett, und ich spring heraus von meiner Seite von
unserm Bett und lauf hinaus auf die Terrasse und
kucke, und wie ich seh den Schwanz von dem Ko-
meten Hale-Bopp und vorn dran seinen Kopf
schrei ich zu meinem Weib sie soll aufwachen sofort
und aufstehen und kommen und kucken auf den
Hale-Bopp, und sie sagt sie ist müde nach der ganzen Aufgeregtheit und will weiterschlafen und ich
soll sie in Ruhe lassen gefälligst.

Ich aber sag ihr, sie soll sich lieber bewußt sein der langen Geschichte von dem Weltall von welcher wir sind die Zeitzeugen jetzt, und daß der Hale-Bopp wird wiederkommen in über dreitausend Jahren erst und daß dieses ist eine wie man sagt Gelegenheit eine einmalige, und daß sie soll nehmen ihren lilienweißen Leib und ihn herausschleppen auf unsre Terrasse und auch beobachten den Hale-Bopp.

Und ich hör wie sie aufseufzt, aber sie kriecht doch aus dem Bett und kommt heraus auf die Terrasse und fragt, Nu wo ist er, dein Hale Bopp, und ich sag, Da drüben in halber Höhe, siehst du ihn nicht mit seinem Schwanz und dem Kopf, und mein Weib sagt, da drüben ist Nordwest sie haben aber gedruckt in der Zeitung daß der Hale-Bopp sein wird in Südost, du kriegst ja nicht mal die Himmelsrichtungen wohin sie gehören, und was du da siehst ist eine Flugmaschin mit ihren Lichtern im Anflug auf den Flughafen Schönefeld, und darum weckst du mich aus meinem Schlaf und ich muß herauskommen auf unsre Terrasse oben?

Aber dann hör ich auf einmal wie sie aufschreit, Die Tür, die Tür, um Gottes willen die Tür! und seh wie sie hechtet mit einem Sprung zu der Tür von der Terrasse zu unserm Schlafzimmer welche hat die Sicherheiten, und wie sie ihre Hand steckt in den Spalt zwischen der Tür und dem Türrahmen gerade noch rechtzeitig bevor die Tür kann wieder machen »Plopp!« und wir stehen noch einmal draußen auf unsrer Terrasse oben, ich in meinem Pyjama mit den kurzen Hosen und sie in ihrem künstlerisch bestickten Nachthemdchen; nur jetzt ist um uns herum die dunkle Nacht und wir sind allein mit den Tiefen von dem Weltall, mein Weib und ich, und die Frau Bergfeld liegt längst wie man sagt in ihren Federn, und kein Mensch würd vorbeikommen vor unserm Haus und mein Weib sehen wie sie wedelt mit den Armen und sie hören wenn sie schreit, und wir würden die Pneumonie kriegen mit Gewißheit und mit tödlichem Ausgang.

Und ich spür wieder die Panik welche beginnt mir heraufzukriechen durch die Nerven von meinem Rückgrat, aber dann seh ich daß mein Weib hat die Situation unter Kontrolle mit ihrer Hand geklemmt zwischen die Tür und den Türrahmen, und ich atme auf wie wenn ich wär erlöst von irgendwas und geh hin zu ihr und sag ihr wie sie ist so klug und so wunderbar und geistesgegenwärtig und daß sie von mir aus kann haben den Hale-Bopp und die lange Geschichte von dem Weltall und sie schmeißen über das Gitter von unsrer Terrasse oder sonstwohin, und daß ich in Zukunft nie wieder werd hinausgehen durch unsre Sicherheiten auf die Terrasse oben oder die Terrasse unten ohne bei mir zu haben den entsprechenden Sicherheitsschlüssel, selbst wenn ich bin nur in meinem Pyjama mit den kurzen Hosen oder sogar nackicht.

Noch einmal über das Tischchen

So, nun sind wieder sieben Jahre herum, und hätten wir gar nicht geglaubt wie wir das erste Mal gemacht haben mit dem Tischchen und wie ich geschrieben hab meine Geschichte über das Phänomen von dem Tischchen damals und die Bioströme, daß wir noch sieben Jahr lang würden leben; aber wir haben die ganzen Jahre gelebt und uns gestritten dazu in den Nächten, was nicht zuträglich ist für den Schlaf aber gut für was man nennt den Blutkreislauf, weil das Blut nämlich immer im Kreis läuft in unsern Adern, deinen und meinen, und das Herz pocht ein bissel schneller und dabei kräftigen sich die Gefäße.

Sieben Jahre, wenn du nachdenkst darüber, sind schon eine Zeit, und die Leut meinen das siebente Jahr ist ein kritisches für Mann und Weib denn bereits Moses welcher uns geführt hat aus Ägypten sagt in seinem Buch daß nach sieben Jahren soll aufhören deine Sklaverei und du sollst herauskommen aus deinen Ketten. Und nun ist geworden das mit dem Tischchen eine reine Massenverrücktheit oder, wie man auch sagt, eine Meschuggas.

Vor sieben Jahren, wie das Tischchen hat herbeigezaubert meine Mama und meine Mama hat erklärt durch das Tischchen daß ihre Nichte in Amerika heißt Debbie und ihr seliger Mann hat geheißen Daniel, da hab ich schon gesagt daß ich herauswill aus dem Spiel und nicht mehr mitmach auch wenn ich bin ein noch so großes Medium, und daß ich nicht mehr glaub an die Macht von den Bioströmen, und mein Freund Dr. Beltz welcher ist der berühmte Religionshistoriker an der Universität hat gesagt das ist meine verdrängte Religiosität.

Mein Weib aber hat hinzugetan das Ihrige zu der Verbreitung von dem Glauben an das Tischchen und an die Bioströme indem sie hat gezeigt unser Tischchen einer Familie welche besteht aus einer kleinen dicken Frau, aber sehr lebhaft, und einem großen dünnen Mann, und die Familie hat sich angefertigt auch ein Tischchen, und dann hat sich

Noch einmal das Tischchen

herausgestellt daß die kleine dicke Frau ist gleichfalls ein Medium, und zwar ein ganz tolles, kaum
legt sie einen Finger auf das Tischchen vor ihr fängt
das Tischchen schon an herumzutanzen wie meschugge und zu schreiben klar und deutlich auf
den großen Bogen Papier welchen man muß drunter hinlegen, Ja und Nein schreibt das Tischchen,
und Jahreszahlen, und was sonst man vielleicht
noch möcht wissen in einer Familie vom Leben
heute und von der Weltgeschichte früher. Und
hat mein Weib gefunden eine große Bestätigung
durch die Bioströme von der Familie mit der kleinen dicken Frau und dem großen dünnen Mann,
weil diese nämlich haben entwickelt eine richtige
Buchhaltung für das Tischchen mit einem Protokoll dazu, damit sie können nachlesen nächste Woche noch oder gar nächsten Monat mit welchen
Persönlichkeiten das Tischchen sie hat verbunden
und was die Betreffenden haben gesagt durch
das Tischchen, auch wenn diese Persönlichkeiten
schon ganz weit weg gewesen sind in der Zeit oder
auch geographisch, wie unser Herr Jesus zum Beispiel oder der General Bonaparte.

So ein Tischchen ist das und eine solche Familie,

und alle sind sie Freunde von uns aber von meinem Weib ganz besonders, weil mein Weib ist kein Medium und das Tischchen rückt nicht und rührt sich nicht wenn sie ihre Hände drauflegt und stellt ihm Fragen, sie kann fragen so intensiv sie will, nu komm schon, Tischchen, wen hast du uns diesmal gebracht, den Herrn Lundquist aus Stockholm vielleicht welcher ist gekommen damals aus Schweden zu bekucken meinen Mann ob er ist auch geeignet für den großen Nobelpreis? Und dann dreht sie sich um zu mir und sagt mir daß ich bin schuld daß das Tischchen sich nicht rückt und nicht rührt bei ihr weil ich zurückhalte meine Bioströme von ihr mit Absicht und mit Bösartigkeit; aber das ist eben das kritische siebente Jahr.

Trotzdem will ich euch sagen ich glaub nicht dran. In den ganzen sieben Jahren wo wir haben gemacht mit dem Tischchen hab ich nicht glauben gewollt daß ein rundes Stück Holz mit drei spillerigen Beinchen dran und einem Schreibstift kann sein wie ein Wahrsager und ein Magier und uns heranbringen meinen Großvater selig oder sonstwen. Aber bei mir, wenn ich leg meine Finger auf das Tischchen fängt es an sich zu bewegen und herumzutanzen wie meschugge, nämlich weil ich bin ein Medium, und bei meinem Weib welche felsenfest glaubt an das Tischchen und einredet auf das Stück Holz wie eine Hypnotiseuse passiert gar nichts, und nicht der kleinste Biostrom knistert und auch kein Holzspan knackt welches die Anzeichen sind daß die Geister von meinem Großvater oder von dem bekannten General Bonaparte oder auch von Herrn Jesus sich aufhalten in unserem Zimmer.

Also hat mich mein Weib mitgeschleppt zu der Familie mit der kleinen dicken Frau und dem großen dünnen Mann damit ich seh was für ein Narr, ein großer, ich bin daß ich nicht glauben will an das Innenleben von dem Tischchen und an die Bioströme, und der große dünne Mann hat mir vorgelesen aus den Protokollen von den Antworten von dem Tischchen welches sich angefertigt hat die Familie, und was Herr Jesus ihnen hat alles gesagt und der bekannte General Bonaparte. Und Jesus, steht in dem Protokoll, hat genau angegeben das Jahr in welchem er ist geboren in dem Stall in Bethlehem und die drei Könige sind gekommen zu der Krippe und haben ihn aufgesucht und gebetet und ihn gepriesen mit Weihrauch und Myrrhen und noch anderen Parfümerien, und auch genau wann sie ihn haben ans Kreuz geschlagen nebbich auf dem Berg Golgatha oberhalb von Jerusalem, und wie er sich hat geärgert über die lasche Art von seinen Aposteln und wie sogar der Apostel Petrus ist eingeschlafen im Garten Gethsemane aber hat müssen abhauen danach das Ohr von dem Malchus aus Trotz und aus Daffke weil er hat versäumt aufzuwecken seinen Herrn Jesus.

Und steht auch in dem Protokoll über was der bekannte General Bonaparte hat gesagt zu dem Tischchen, nämlich die Garde stirbt aber sie ergibt sich nicht, wo jedoch andere Wissenschaftler haben behauptet er hätt einfach gesagt Merde. Und all das, steht in dem Protokoll, hat berichtet das Tischchen und ist herumgetanzt dabei wie meschugge unter den Händen von der kleinen dicken Frau, aber wie ich habe heraufgelegt meine Hände auf das Tischchen ist es geworden langsamer und langsamer und ist dann ganz stehengeblieben weil, wie mein Weib sagt, ich glaub nicht dran.

Und dann, in der nächsten Woche, ist bei uns zu Hause gewesen auf Besuch unser Enkelkind die

kleine Liv, welche heißt Liv weil ihre Mutter, wie sie sie hat geboren, geschwärmt hat gerade für eine bleiche schwedische Filmdiva mit Vornamen Liv und sie hat gewollt daß ihre Tochter, ihre neugeborene, welche ist unser Enkelkind, soll auch werden wie eine bleiche schwedische Filmdiva, Gott behüte. Und die kleine Liv hat in ihrer Schule gelernt über Julius Caesar welcher ist gewesen ein großer Feldherr im alten Rom und sie hat mehr wissen wollen über ihn und so haben wir gerufen Julius Caesar den großen Feldherrn mit unserm Tischchen, und mein Weib hat gefragt den Julius Caesar er soll uns was sagen, eine Botschaft vielleicht oder sonst was Historisches.

Und ich hab gesagt zu meinem Weib, wie kannst du fragen ein rundes Stück Holz mit drei spillerigen Beinchen dran und einem Schreibstift es soll dir sagen eine Botschaft von dem großen Feldherrn Julius Caesar? Aber kaum hab ich sie gefragt, hab ich schon gespürt ein Rühren und Rücken in meinen Fingern und ein Gezuck, und das Tischchen hat angefangen herumzutanzen wie meschugge und zu schreiben auf dem Bogen Papier drunter und hat nicht wollen aufhören mit Schreiben, und alle haben gestaunt und sich gewundert, und wie es endlich hat aufgehört zu schreiben weil der Schreibstift ist schon gewesen ganz am Rand von dem Bogen Papier hat mein Weib gesagt sie kann nicht lesen was das Tischchen hat da geschrieben und der große Feldherr Julius Caesar ist eine Enttäuschung. Aber ich hab gesagt zu meinem Weib, was da steht auf dem Bogen Papier ist doch ganz klar, nur du kannst es nicht lesen weil du kannst kein Lateinisch, und hab ihr vorgelesen *Veni Vidi Vici*, was heißt, Ich kam Ich sah Ich siegte, was Julius Caesar hat gesagt zu dem Senat von Rom nach seinem großen Sieg über die Gallier oder über die Germanen oder was weiß ich wen noch, und nach mir hat auch die kleine Liv gelesen *Veni Vidi Vici* und hat gesagt, morgen wird sie's erzählen in ihrer Schule und der Lehrer wird staunen und sich wundern und auch die anderen Kinder, und ich hab gesagt zu meinem Weib, du weißt, Weib, hab ich gesagt, daß ich nicht hab glauben wollen die ganzen sieben Jahr an das Innenleben von dem Tischchen und an die Bioströme und die ganze Wahrsagerei und daß wenn ich meine Hände gelegt hab auf das Tischchen es sich nicht hat bewegen wollen. Aber jetzt hab ich gespürt, hab ich gesagt zu meinem Weib, den Geist von Julius Caesar dem großen Feldherrn und wie er hat gesagt zu dem Senat von Rom *Veni Vidi Vici* in seinem Bericht über seinen großen Sieg über ich weiß schon nicht mehr wen. Und ich hab gesehen wie mein Weib auf mich gekuckt hat, aber gesagt hat sie kein einziges Wort, doch ich hab gewußt was sie sich gedacht hat dabei, nämlich du kannst mir erzählen das Blaue vom Himmel herunter, aber in Wirklichkeit hast du geschoben das Tischchen mit deinen Händen so daß es hat geschrieben *Veni Vidi Vici*, weil du bist der einzige hier im Zimmer welcher kann genügend Lateinisch für den großen Feldherrn Julius Caesar, und es hat nichts geholfen daß ich hab geschworen daß der Geist von Julius Caesar ist über mich gekommen und hat das Tischchen veranlaßt zu schreiben *Veni Vidi Vici*.

Und so ist gekommen in dem kritischen siebenten Jahr daß mein Weib hat nicht mehr glauben wollen an das Tischchen sondern mir hat zugeschoben ich hätt gespielt den Geist von Julius Caesar dem großen Feldherrn und, statt das Tischchen zu bremsen wie ich getan hätt die ganzen sieben

Jahr, hätt ich's jetzt selber geschoben mit Absicht und mit Bösartigkeit. Ich schwör aber sie tut mir unrecht und daß ich gespürt hab in Wahrheit in meinen Nerven und meinem Gedärm ein echtes Rühren und Rücken und ein Gezuck und gefühlt wie das Tischchen hat angefangen von sich aus und ganz allein sich zu bewegen und zu schreiben *Veni Vidi Vici*, und ein solches Erlebnis wo der Geist von Julius Caesar dem großen Feldherrn über einen kommt auf einmal kann einen Menschen völlig umstülpen im Innern und überall, und so ist mir geschehen in dem kritischen siebenten Jahr daß nun ich glaub an das Tischchen und mein Weib hat begonnen es zu bezweifeln.

Aber trotzdem sag ich auch, und da kann die Familie mit der kleinen dicken Frau und dem großen dünnen Mann noch so viel buchhalten und Protokolle schreiben über die Sprüch von ihrem Tischchen, also trotzdem sag ich, es gibt noch was Stärkeres im Leben als ein rundes Stück Holz mit drei spilligen Beinchen dran und einem Schreibstift: und das ist die Liebe.

Sonst könnt's ja keiner aushalten. Aber wir haben's doch ausgehalten, mein Weib und ich, bis ins kritische siebente Jahr, und ich möcht's auch noch weiter aushalten mit ihr, wenn's geht, in Gesundheit und in Masel und in Glück.

Der Navigator

Wie wir gesessen sind bei Herrn Grünbaum, welcher mit Automobilen handelt und bei welchem wir schon Kunden gewesen sind wie ich noch gefahren hab meinen Trabant und bei welchem wir haben eintauschen wollen unser jetziges Auto gegen ein neues, und gegen ein Aufgeld natürlich, hab ich also zu meinem Weib gesagt daß ich haben will in dem neuen Auto einen Navigator.

Und was ist, fragt mein Weib, bitteschön ein Navigator?

Navigator, sag ich, kommt aus der lateinischen Sprache, und wenn du ein Schiff besteigst, was ich schon lange möcht daß du tust damit ich noch haben kann auf meine alten Tage zusammen mit dir eine schöne Seereise mit ein bissel Luxus, dann wirst du sehen daß der Navigator ist der Schammes der ausrechnet mit Instrumenten wie schnell soll das Schiff die Wellen durchschneiden und in welcher Richtung auf dem großen Meer damit es nicht aufläuft auf einen Eisberg wie die Titanic selig und absinkt mit Musik in die Tiefe.

Aber ich will nicht haben eine Seereise, sagt mein Weib, auch nicht mit ein bissel Luxus, weil ich nicht absinken will in die Tiefe mit Musik wie auf der Titanic selig, und außerdem weil ich hab eine Klaustrophobie und krank werd wenn ich eingesperrt bin Tag und Nacht mit immer den gleichen Personen auf einem Schiff, also was brauch ich einen Navigator in unserm neuen Auto wo du mich kannst selber navigieren im Falle Gott behüte es tritt ein eine Notwendigkeit.

Also seh ich ein ich brauch eine Hilfe gegen mein Weib und da ist nur der Herr Grünbaum und ich sag zu ihm, wenn ich soll navigieren mein Weib in unserm neuen Auto muß ich herumblättern in einem Straßenatlas und herumsuchen wo wir müssen hinfahren, Ort und Straße, und muß zur gleichen Zeit durch die Fenster kucken von dem Auto und forschen wo was ist ausgeschildert was ich kann lesen und dann wieder zurückkucken auf den Atlas und wieder herumsuchen wo wir sind in dem

Augenblick möglicherweise und meinem Weib sagen, jetzt fahr rechts, oder fahr links, oder auch geradeaus, obwohl um mich herum sind lauter Hinweise welche richtig sein können oder auch falsch jederzeit, oder ich kann mich auch selber geirrt haben wenn ich zugleich kucken muß nach rechts und nach links durch die Fenster von dem Auto auf das Ausgeschilderte draußen und in dem Auto auf meinen Schoß wo ich hab liegen meinen Straßenatlas, und mein Weib sagt immer ich soll sie nicht machen nervös mit meinem Herumgekucke und meinem Gerede, meinem aufgeregten, aufgeregt ist sie schon selber, und sie will lieber folgen ihrem Instinkt.

Und der Herr Grünbaum zwinkert mir zu und sagt, Instinkt ist gut aber Navigator ist besser, und ich sag zu meinem Weib, Du hörst? Und sie sagt, Aber du wirst bedienen den Navigator, und daß sie schon genug zu tun hat mit all den Knöpfen vorn am Brett und den Drehdingern und mit Bremsen und Gasgeben und mit der ganzen neuen Automatik in dem neuen Auto, und Herr Grünbaum sagt, da wär noch ein großer Vorteil mit dem Navigator, weil nämlich nicht mehr Ihr Beifahrer wird einreden auf Sie während der Fahrt und Sie verrückt machen, Gnädige Frau, sondern der Navigator, welcher besitzt eine eigene Stimme die nicht immer so aufgeregt ist wie die Stimme von Ihrem Beifahrer, und welche wird Ihnen sagen lange vorher wann Sie müssen einbiegen nach rechts und nach links und wann geradeaus fahren, und das wäre die Elektronik von dem Satelliten oben. Und ich frag den Herrn Grünbaum ob die oben auf dem Satelliten uns vielleicht überwachen und immer wüßten wo wir sind? Und der Herr Grünbaum sagt, das wüßten sie wohl. Und ich sag, da hätten wir ja die Polizei im eigenen Auto, Und er sagt, so könnte ich's auch sehen, aber schließlich wär ja die Polizei unser Freund und Helfer und außerdem lebten wir jetzt in einem Rechtsstaat bitte.

Und wie er gebracht hat unser neues Auto zu unserm Haus hat er uns gezeigt so eine Art Mini-TV-Set neben dem Handschuhfach und ein Knipsding welches aussieht wie ein Handy aber ein verstümmeltes, und hat meinem Weib erklärt was sie muß tun mit dem Knipsding und wie, und ich hab gesessen nebenbei und versucht zu verstehen, aber ich hab nicht richtig können verstehen, und anstatt

ich mich freu über das neue Auto hab ich den ganzen Abend hinterher studiert in dem Instruktionsbüchel für den Navigator bis ich bin geworden ganz
meschugge in meinem Kopf drinnen, weil nämlich
heutzutag werden die Instruktionsbücheln verfaßt
in einer geheimen Sprache welche sie haben entwickelt aus einer Kreuzung von dem Japanischen
mit dem Dialekt von den Sioux.

Und wie wir sind losgefahren mit unserem
neuen Auto zum ersten Mal hab ich den Knopf
Menü gedrückt auf dem Knipsding weil das gestanden hat in dem Instruktionsbüchel, und auf dem
Mini-TV-Set ist erschienen eine lange Megille, welche uns hat gewarnt man soll lieber nicht machen
mit dem Knipsding während der Fahrt oder auch
nicht kucken so oft auf den Navigator sondern lieber nach vorn durch die Scheibe, nämlich damit
man nicht hineinfährt in einen Baum aus Versehen
oder eine Laterne oder in ein anderes Auto und die
Ursache wird für einen Unfall mit Stau.

Aber dann hab ich gedacht der Ratschlag könnt
mehr gerichtet sein an mein Weib wie an mich,
denn nicht ich fahr ja das Auto sondern sie fährt
und ich bin der Beifahrer weil ich schon nicht

mehr so fix bin in meinem Gehirn in meinen Jahren, meinen vorgerückten, und ich hab weitergemacht mit dem Knipsding und hab eingegeben in den Navigator unter *Zieleingabe* wo wir hinwollen und hab dann gedrückt auf *Zielführung,* und auf einmal hab ich gehört von hinter meiner Schulter die gepflegte Stimme von einer Dame, ein bissel sexy aber nicht zu, und auf dem Mini-TV-Set erscheint ein Pfeil zusammen mit einem Auswuchs welcher aber nach rechts zeigt, oder auch nach links, und die Dame mit der Stimme sagt wo wir sollen abbiegen und wann und in welche Richtung, und ich seh daß mein Weib die Stimme nicht mag weil sie denkt ich könnt kommen auf falsche Gedanken, und sie sagt sie wüßt besser als die alte Zicke wo's langgeht und sie würd fahren nicht nach der Stimme sondern nach ihrem eigenen Instinkt, und ich frag sie zurück wozu wir haben ausgegeben das ganze viele Geld für den Navigator und die Satelliten oben die auf uns aufpassen wo wir sind, wenn wir uns nicht danach richten wohin sie uns navigieren und nicht versuchen wenigstens zu amortisieren unsere Kosten, und mein Weib sagt, aber auf deine Verantwortung, Mann, und ich wiederhol jedesmal mit meiner Stimme was die Dame gesagt hat mit ihrer Stimme, im Fall mein Weib sollt nicht richtig gehört haben, und ich stell mir vor dabei wie die Dame könnt aussehen mit dieser Stimme aus dem Navigator.

Und dann hab ich bekommen eine Befürchtung daß auch die Dame könnt vielleicht nicht alles so genau wissen wo mein Weib abbiegen muß nach rechts oder nach links oder wo sie muß geradeaus fahren bis vielleicht zu einem Kreisverkehr wo sie muß herumkreisen und dann ausfahren oder auch bis zu einer Baustelle einer neuen, weil immer kommen neue Baustellen um welche man muß herumfahren und gerät dann in eine falsche Richtung, weil nämlich die elektronischen Karten von welchen der Navigator abliest seine Weisheiten und Informationen und genau wo wir sind in diesem Moment und dann zu uns redet mit der Stimme von der Dame und uns lenkt nach rechts um die Ecke oder nach links oder auch geradeaus, kurz, weil auch die elektronischen Straßenkarten könnten schon sein ein bissel veraltet und nicht mehr übereinstimmen mit der Wirklichkeit weil nämlich die Kapitalisten bei uns in der neuen kapitalistischen

Bundesrepublik wollen eine große Rendite und daher aufreißen lassen alle paar Tag eine andere breite Straße und hinstellen an der Stelle ein großes Sperrschild mit rotem Rand und einem Symbol wodrauf einer arbeitet mit einem Spaten oder einer Hacke was weiß ich, und dann noch ein Schild aber ein blaues wo draufsteht *Umleitung,* und keiner weiß mehr wo wir müssen hineinfahren oder heraus, und dann sagt die Stimme von der Dame auf einmal, Wenden Sie um bitte Sie müßen umwenden, und auf dem Mini-TV-Set ist kein Pfeil mehr mit einem Auswuchs nach rechts oder nach links sondern ein großer Fischhaken nur mit einer Zacke am Ende, und ich weiß wir können nicht umdrehn denn wenn wir umdrehn kommen wir zurück in das Loch welches die Kapitalisten haben aufreißen lassen quer über die ganze breite Straße, denn die Kapitalisten geben und geben keine Ruh, auch nicht für unsern Navigator. Und mein Weib, mein armes, muß anfangen zu schalten mit dem Schaltdings von unserm neuen Auto, und sie schaltet und schaltet aber sie kommt nicht mehr raus aus dem Loch welches die Kapitalisten haben aufreißen lassen quer über die ganze breite Straße, und ich schrei in das

Handy welches ist auch eingebaut in unser neues Auto, Hilfe! schrei ich, und Polizei! Und ADAC! – welches ist der Verein mit den Leuten die mit Hubschraubern kommen und einen herausziehen aus den kapitalistischen Löchern quer über die ganzen breiten Straßen und aus dem Schlamassel welches entsteht durch die Streitigkeiten zwischen der Stimme von der Dame in dem Navigator und meinem Weib; wofür hab ich einen Schutzbrief, einen bezahlten, von dem Verein ADAC, wenn sie nicht kommen wollen mit ihren Hubschraubern und die Menschen nicht herausheben aus den kapitalistischen Löchern quer über die ganzen breiten Straßen, frag ich.

Kurz, nach all der Dramatik und dem Geschrei und dem Unglück sind wir aber doch gerettet worden von der Polizei und dem ADAC, und ich hab ihnen erklärt wie wir sind hineingekommen in das Schlamassel, und sie haben gesagt in Zukunft soll ich nicht mehr hören so sehr auf den Navigator wie auf mein Weib weil der Navigator weiß auch nicht alles und mein Weib hat einen Instinkt und weiß vielleicht besser wo sie soll umbiegen nach rechts oder links oder geradeaus fahren, und ein Polizeier hat gesagt er weiß daß Männer haben manchmal einen großen Mangel an Vertrauen zu den Fähigkeiten von ihren Gattinnen, aber das ist ein Fehler.

Nur in der Nacht ist alles anders wenn du hast nichts wie das weiße Licht von den Scheinwerfern von deinem neuen Auto welche stechen in das Dunkel und das Licht auf deinem Navigator welches dir zeigt die Pfeile mit dem Auswuchs nach rechts oder nach links und mit der Stimme von der Dame mit dem sexy Ton welche dir sagt, in 250 Metern rechts halten und dann links, und dann geradeaus und dann über die Brücke und dann Ziel erreicht, und du freust dich schon und denkst, wenn du wirst sein an deinem Ziel wirst du einen trinken mit deinem Weib, dein Weib vielleicht einen Wein einen roten und du einen Scotch einen blonden, aber dein Weib sagt, wieso rechts halten und dann links und dann geradeaus und dann über die Brücke über den Kanal wenn mein Instinkt mir sagt welchen Weg wir sollten fahren und nicht über die Brücke über den Kanal, und dann sagt sie noch, sie glaubt der Zicke aus dem Navigator kein Wort mehr. Und ich hab gedacht an was der Polizeier hat gesagt von dem Instinkt von den Weibern, aber dann hab ich gedacht vielleicht weiß der Navigator doch besser weil er hat seinen Satelliten oben und hab gesagt zu meinem Weib, ich bitt dich tu was der Navigator dir sagt, er hat ja gekostet genug daß man sich müßt können verlassen auf ihn, und mein Weib hat gesagt, also weil du's willst und auf die Verantwortung von dem Navigator aber du weißt was immer passiert wenn du was durchsetzt gegen meinen Willen und mein Wissen, und sie hat gedrückt auf den Gashebel von unserm neuen Auto und ist losgefahren mit ihrem Ärger und mit Karacho und dann ist gewesen ein großer Platsch und mir ist das Wasser hochgestiegen um meine Füße und um die Füß von meinem Weib und ich hab gedacht es wird doch nicht etwa sein der Kanal und ich schrei zu meinem Weib wie ein Beifahrer, schalt zurück, schnell und gib Gas, willst du uns ertränken vielleicht, dich und mich und den Navigator, und es hat gespritzt um uns herum wo die Räder von unserem neuen Auto haben herumgewirbelt in dem Kanal und mein Weib hat gesagt nur ein einziges Wort zu mir, ein kurzes, *Idiot!*

Und ich kuck auf mein Weib und kuck durch die Fenster von unserm Auto auf das Wasser von dem Kanal und kuck drinnen im Auto auf unsern Navigator welcher hat nicht gewußt, Tatsache, daß einen Tag vorher die Kapitalisten haben niederreißen lassen die Brücke über den Kanal weil eine neue Brücke bringt neue Rendite, und haben kein Sperrschild hingestellt noch mit rotem Rand und einem Symbol drauf wo einer arbeitet mit einem Spaten oder einer Hacke was weiß ich, und ich hör die Stimme von der Dame wie sie gurgelt, aber noch immer ein bissel sexy, *Ziel erreicht!*

Kvetchen ist gesund

*I*ch bin, das sag ich Ihnen lieber gleich, der glückliche Besitzer von was man kann nennen einen Oj-weh-iss-mir-Komplex.

Das ist gewesen nicht immer so bei mir. Ich erinner mich an die Zeiten, wo ich geglaubt hab, ein Mann wie ich, welcher hat im Kopf eine Vernunft und im Bauch einen Appetit, einen gesunden, und auch anderswo alles was gehört zu einer Ausstattung, ein solcher Mann hat gefälligst zu zeigen einen starken Charakter und hat kein Recht herumzugehen und zu kvetchen wenn er trifft Menschen im Kaffeehaus oder in einem Büro welche er kennt und ihnen vorzujammern wie es ihm schlecht geht und daß er schon wieder hat gehabt einen großen Mißerfolg, mit der Literatur oder finanziell oder sonst was, und daß seine Kinder nicht wollen hören auf ihn, obwohl er tut für sie alles was ist menschenmöglich, aber daß sie ihm möchten ein bissel Liebe entgegenbringen? – nein, das nicht.

Wie komm ich dazu zu erwarten Liebe von meinen Kindern, werden Sie fragen, bin ich verrückt oder wie, Kinder führen ihr eigenes Leben heutzutag, und mein Weib, welche ist ein großer Champion für die Rechte von Frauen, stellt sich hin vor mich und sagt mir ich soll das tun ja und jenes nein – woraus Sie können ersehen, daß ich immer schon Gründe genug gehabt hab zum Jammern und zum Kvetchen, aber hab ich gejammert und gekvetcht? Nein, lieber hab ich mir abgebissen meine Zunge und verschluckt meine Worte als zu jammern und auszukvetchen mein innerstes Herz vor anderen Leuten, auch wenn sie gewesen sind gute Bekannte und gehabt haben ein Interesse an meiner Person, ein echtes, und möglicherweise sogar auch ein Gefühl von Sympathie.

Immer hab ich gesagt zu mir, der liebe Gott hat dir auferlegt dein Schicksal wie er auferlegt hat dem Propheten Jeremiah das seinige und dem Hiob gleichfalls, und was willst du hadern mit dem lieben Gott, Hadern ist nur Verschwendung von

Zeit, und von was man nennt Energie, also trag, was Gott dir hat gegeben zu tragen und trag es mit einem bissel Stolz und mit Daffke; wer bist du, ein Nebbich, daß du sollst herumlaufen zu allen möglichen Juden und Nichtjuden und ihnen was vorjammern und vielleicht noch entwickeln in deiner Seele einen Oj-weh-iss-mir-Komplex?

Also hab ich mich getragen wie ein großer Held ein moralischer und hab versteckt mein Leid und weggedrängt meine Bedrängnis aus meinem Bewußtsein wenn ich hab gehabt Leid und Bedrängnis, und natürlich hab ich gehabt Leid und Bedrängnis genug, und wenn ich sie sollte mal nicht gehabt haben hab ich sie mir selber gemacht und mit eigener Hand und mit meinem eigenen Geist.

Und die Leute haben geschüttelt ihre Köpfe und haben gesagt wie sie mich bewundern für meine Standfestigkeit auch im Unglück und haben gefragt wie ich das mach in meinem Innern und ob es ist eine Frage von meinem Vertrauen in den dort oben oder ob ich mich vielleicht betrink oder einfach nur hab einen Mangel an Sensitivität.

Aber wie das so ist wenn du dauernd in dich hineinschluckst deinen Ärger und Verdruß und deine Ängste und Sorgen nur weil du deinen Stolz hast und deine Daffke und nicht willst herumjammern und herumlaufen mit den Händen über dem Kopf zum Vergnügen von deinen Feinden, dann wird sich langsam anhäufen in deinem Schlund erst und dann auch in deinem Gedärm all das was du versucht hast wegzudrücken aus deinem Bewußtsein und wird anwachsen in dir wie so ein Stalaktit in einer Höhle von Tropfstein, und dein Schlaf wird dich fliehen des Nachts weil alles was du hast weggedrängt dir aufsteigt in deinem Schlund und macht daß du mußt schlucken und würgen, und sich herumwühlt in deinem Gedärm so daß du kriegst Krämpfe und dich herumwirfst in deinem Bett wie ein Meschuggener und aufweckst dein Weib und sie dich fragt, was hast du wieder gegessen immer stopfst du dich voll mit Junkfood und mit fettigen Chips und Ketchup drauf aber ein Essen wie ich dir bereit mit Gemüse und mit Kalorien und wo du nicht wirst vergiftet, nein, da ziehst du ein Flunsch, du wirst sehen, was du hast davon und wirst versinken in Elend und Krankheit und ich werd dich nicht können pflegen, hab selber meine Krankheiten, immer hab ich dich gepflegt, das weißt du, aber wenn einer sich krank macht mit Absicht und aus Daffke obwohl er eine Frau hat welche ihm sagt, was er tun soll und was nicht, ist er selber schuld nur und kein andrer.

Und ich stöhn und ich sag zu ihr, es ist nicht das Essen, Liebste, es ist die Seele, und sie sagt was hat deine Seele zu tun mit wenn es dir aufstößt von deinem Magen, ich werd dir geben ein Öl welches wird säubern deine Innereien alle und du laß deine Seele wo sie ist wenn du überhaupt eine solche hast woran ich auch meine Zweifel hab mitunter.

Und wie meine Zustände geworden sind immer schlimmer obwohl ich mich gefügt hab aus lauter Verzweiflung den Diäten welche mein Weib mir hat vorgesetzt, und wie ich hab noch hinzugekriegt Migräne unter meinem Schädel und einen Druck auf der Brust und das Herz hat gespielt verrückt so daß ich geglaubt hab jetzt hab ich auch noch was der Professor nennt eine Angina pectoris und werd bald sterben müssen an einem Infarkt oder einem Schlaganfall je nachdem, hat mein Weib zu mir gesagt, geh zum Professor und laß dich checken, ich will nicht haben daß du mir tot umfällst plötzlich und ich steh allein in der Welt und muß noch trauern um dich.

Also bin ich gegangen zum Professor in die Klinik und er hat sich gesetzt zu mir wie mein bester Vertrauter und ich hab ihm erzählt wie ich immer herunterschluck mein Leid und meine Bedrängnis weil ich nicht herumgehen will bei den Menschen mit meinem Gekvetch von meinen Ängsten und meiner Besorgnis, und wie ich Krämpf hab nachts in meinem Gedärm und wie es mich würgt in meinem Schlund, und von dem Druck auf der Brust und der Migräne unter dem Schädel, und von meinen anderen Gebresten, und der Professor hat genickt wie ein Professor und hat genommen sein Hördings und mir gesetzt auf die nackte Brust und hat wie man sagt auskultiert und dann hat er mich geschickt zu anderen Räumlichkeiten, wo sind verschiedene Damen gewesen zu schreiben mein Elektrokardiogramm und mir abzuzapfen mein Blut und aufzunehmen Bilder von meinen Innereien, und wie der Professor hat alles gehabt auf großen Filmen und auf Zetteln hat er gesessen und geklärt und überlegt des längeren und hat mich gefragt, »Und Depressionen haben Sie keine?«

Und ich hab zurückgefragt, ob ich sollt auch noch haben Depressionen zu allem was ich schon hab, und er hat gesagt er fragt nur weil man nicht gefunden hat in seiner Klinik was Organisches bei mir und daß ich bin so kerngesund wie einer nur sein kann in meinen Jahren und ob ich mal gehört hab von Krankheiten welche sind psychosomatisch: in andern Worten, wenn einer ist meschugge im Kopf und verdreht das kann sich auch äußern wie wenn er hätt was mit seinem Gedärm oder sein Kreislauf oder sonstwas, weil der Mensch ist sehr kompliziert nämlich, und besonders mit seinen Nerven, und es könnt ja sein daß ich hab einen unterdrückten Oj-weh-iss-mir-Komplex, aber mit der menschlichen Seele läßt sich nie was Sicheres sagen.

Und wie ich bin weggegangen von dem Professor hab ich nicht gewußt, ob ich soll glücklich sein und hüpfen und springen weil er gesagt hat daß man nicht gefunden hat bei mir was Organisches und daß ich bin so kerngesund wie einer nur sein kann in meinen Jahren, oder ob ich mich lieber fühlen soll unglücklich und entwickeln eine Depression wegen meinem Oj-weh-iss-mir-Komplex meinem unterdrückten und meiner Psychosomatik.

Und wie ich noch bin so hin- und hergerissen zwischen meinen verschiedenen Gefühlen seh ich auf einmal vor mir das Kaffeehaus wo sie mich immer haben bewundert für meine Standfestigkeit und weil ich nie hab gekvetcht und gejammert bei allem was mich hat betroffen in meinem Leben, und bin dort hineingegangen und hab mir bestellt einen Tee und ein Bagel mit Lachs, und die Menschen welche gesessen haben an ihrem Tisch sind gekommen und haben gefragt was los ist mit mir und warum ich aussch so blaß und verfallen und wie wenn meine Felle mir sind geschwommen den Bach herunter und weg.

Und ich hab gesagt ich komm grad von dem Professor aus seiner Klinik und daß ich bin ganz mewulwel in mein Kopf weil ich nicht weiß was ich tun soll denn der Professor hat gesagt daß ich bin kerngesund und nur hab eine Psychosomatik und einen unterdrückten Oj-weh-iss-mir-Komplex, aber in Wirklichkeit kann ich nicht schlafen nachts wegen dem Würgen in meinem Schlund und den Krämpfen in meinem Gedärm und weil ich hab Druck auf der Brust und Migräne unterm Schädel und im Herzen die schreckliche Unruh und alles in

allem mehr Krankheiten wie selbst gehabt hat seinerzeit der Knecht Gottes Hiob welchen dieser hat prüfen wollen, aber warum soll einer mich prüfen wollen und für was, wo ich nie jammer und kvetch oder aufschrei zu Gott er soll mir das tun und jenes wenn es nur hilft?

Und Reb Elieser welcher sitzt jeden Nachmittag im Kaffeehaus und gibt Eijzes sagt zu mir, für einen welcher nie jammert und nie kvetcht oder aufschreit zu Gott kvetchst du ganz vorzüglich heut, und ein anderer fügt hinzu, daß ich vielleicht immer gewesen bin ein großer Kvetcher und nur mein Talent, wie man sagt, unter den Scheffel gestellt hab, und ein dritter grinst, was meine Krankheiten beträfe, da könnt jeder von ihnen viel schmerzhaftere aufzählen, von welchen er geplagt wird, gar nicht zu reden von Hiob dem Knecht Gottes, und in Wirklichkeit wär ich durchaus nicht der Held, der standfeste, als welchen ich immer mich darstell, sondern ebenso wehleidig wie sie, nur schlimmer, und mit Weib und Kindern hätten sie alle auch ihre Probleme, ich wär da kein Einzelfall und schon gar nicht ein tragischer.

Wenn das gemeint war als ein Trost für mich in

meinem Zustand, dann hätt ich mir können aus-
denken einen besseren Tröster, hab ich mir gedacht, und hab gekriegt einen großen Ärger in
meinem Gemüt wie ich sonst immer verdrängt hab
und heruntergeschluckt, aber diesmal hab ich gedacht, sollen sie hören auch mal was ich bin für ein
Mensch in Wahrheit und in Emmess und hab mir
gesagt, ich werd ihnen zeigen was es ist zu haben
ein wirkliches Leid und eine Besorgnis, und hab
angefangen ihnen richtig was vorzujammern von
meinem Leben und wie ich mich müh und was ich
muß schreiben alles um zu erhalten die Bekannt-
heit von meinem Namen und was es mich kostet an
Nerven und an Phantasie, und um mich herum
der ganze Trubel den ganzen Tag lang und nachts
auch man könnt kriegen die Tobsucht, und wie ich
muß hierhin und dorthin für Vorträge und Talk-
shows, und zu Haus, find ich da vielleicht eine
Ruhe, nein, immer leb ich in Spannung, und krieg
die Psychosomatik wie der Professor hat gefunden, welche sich äußert in Krankheiten von dem
Schlund und dem Gedärm mit Komplikationen im
Herzen und auf der Brust und Migräne unter dem
Schädel, und ist es ein Wunder dann wenn meine

Seele mit all dem wieder verfällt in eine Depression, eine wirkliche und wahrhaftige, und so werd ich getrieben hin und her zwischen Psyche und Soma, wie es genannt haben die alten Griechen, von einer Kränk zur andern also, so als ob ich wär ein verfluchter Ball mit dem man spielt Tennis. Und ich hab die Leute gefragt in dem Kaffeehaus ob sie je haben nachgedacht wie ein Tennisball sich muß fühlen wenn er immer muß hin und her auf dem Tennis Court und wird dazu noch geschlagen, und Reb Elieser hat gefragt vielleicht bin ich meschugge weil ich so tob, und ich hab gesagt, ich tob nicht ich kvetch nur, und daß ich mich jetzt schon besser fühl weil ich mich ausgekvetcht hab, besser auf jeden Fall wie er, der Reb Eliezer und sie alle hier im Kaffeehaus, und daß ich nicht mehr werd unterdrücken meinen Oj-weh-iss-mir-Komplex und daß ich werd kvetchen in Zukunft soviel und solang ich will und mein Herz ausjammern und mein Gedärm weil es ist gesund für die Psychosomatik.

Und dann hab ich ausgetrunken mein Tee und aufgegessen mit Appetit mein Bagel mit Lachs und hab gezahlt und bin aufgebrochen nach Haus zu meinem Weib, um ihr mitzuteilen ihr Glück: denn was kann sein besser für ein Weib als sich anzuhören ein gesunde Kvetch von einem gesunden Gatten?

Meine Aura, deine Aura

Mein Weib sagt sie hat eine Aura. Auf dem Bild welches der Fernsehmensch geknipst hat von ihr und von mir an dem Tag wo sie mich interviewt haben für das Fernsehn hat sie eine Aura, sagt sie, und ich könnt auch erkennen die Aura, und legt das Bild auf den Tisch im Zimmer und fährt herum mit ihrem Zeigefinger um ihre ganze Figur auf dem Bild wie sie da steht neben mir, und sagt, kuck hin, musst nur richtig hinkucken, da ist meine Aura, und in Farbe, wie ein Regenbogen, ein persönlicher, und du hast auch eine, eine Aura mein ich, da, vor deinem Bauch hängt sie, glaubst du mirs nun? Und sie piekt mit ihrem Finger auf meinen Bauch bis ich sag, laß das, laß meine Aura in Ruh gefälligst, aber sie merkt nicht ich mein es ironisch, für Ironie haben Weiber kaum ein Gespür, die Weiber glauben, wenn sie was ernst nehmen, nehmen die andern es auch ernst, das war schon immer so, schon wie Adam geredet hat mit Eva wegen dem Apfel, und davon ist alles weitere gekommen, das Unglück mit Kain und mit Abel und mit der babylonischen Verwirrung, bis heute.

Und ich setz meine Brille auf meine Nase, die mit den zwei Linsen, für nah und für fern, und greif das Bild und halt mirs vor meine Augen und kuck auf das Bild und hör wie mein Weib fragt, Erkennst du nun endlich meine Aura? Und ich kuck, und ich kuck wieder, und ich frag sie zurück, Das soll sein eine Aura? Was ich seh auf dem Bild ist nur was Verschwommenes wie wenn der Mensch welcher geknipst hat das Bild hätt gehabt eine Kamera wie ich sie nicht schenken würd meinem schlimmsten Feind, oder sein Photofilm ist aufgeweicht gewesen von einer Feuchtigkeit, oder der Mensch hat nicht geachtet auf das Verfallsdatum wie du immer achtest wenn du was kaufst was schnell verdirbt zum Beispiel ein Käse; aber eine Aura? Und ich frag mein Weib, was überhaupt ist eine Aura, erklär mir bitte schön wenn du willst ich soll glauben an deine Aura, wer hat dir überhaupt erzählt von deiner Aura, Riekchen vielleicht, deine Freundin? Wenn

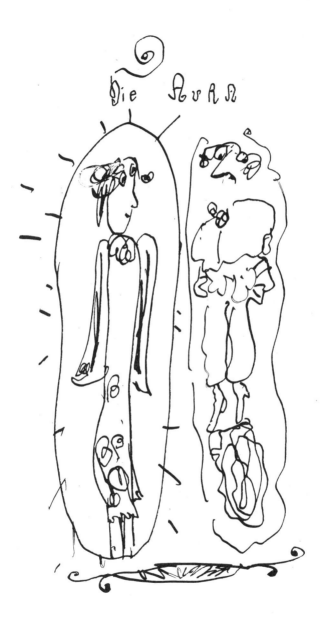

Riekchen selber gehabt hätte eine Aura wär ihr nicht passiert mit ihrem Sohn Theo daß sie kriegt von ihm ein Enkelkind welches ist dunkelgetönt und mit kräusligem Haar wo doch alle in ihrer Familie weiß sind und rosig im Gesicht ihr Sohn Theo und die Braut von Theo und Riekchen selber und Riekchens seliger Gatte.

Laß du aus dem Spiel meine Freundinnen mit welchen ich verkehr, sagt mein Weib, Riekchen weiß mehr als du und ich je werden wissen über Aura und Ektoplasma und das Charisma von den Menschen und über die Ströme vom Gehirn her und die Energien welche fließen von deinen Nerven und von deiner Leber zu meinen Nerven und zu meiner Leber. Was meinst du warum ich nicht will daß du immer dich heranrückst an mich in der Nacht und mich betatschst mit deinen verschwitzten Fingern und herumstocherst in meiner Aura daß ich wach werd und mich aufreg und aufstehn muß und wegrennen rüber ins kleine Zimmer und mich auf das elektrische Schuckelbett dort legen, sogar wenn ich nicht damit schuckel, und dann schreist du, wo bist du, Weib, und was rennst du herum in der Nacht? Die Aura, damit du es weißt, ist wie eine Strahlung von deiner Persönlichkeit welche ausstrahlt von deinem Innern, aber was für Persönlichkeit hast du möcht ich wissen, kuck dir an auf dem Photo die Farben von deiner Aura wie sie verschmiert sind und verschmaddert, und auch die Form von deiner Aura ist keine richtige Form, die Form ist mehr wie ein Pudding, vielleicht solltest du reden zu Professor Mendel darüber, vielleicht brauchst du psychiatrische Hilfe; wenn was nicht in Ordnung ist auramäßig mit einem sollt er sich wenden zu einem Psychiater, das ist wie wenn du was hast mit deiner Bauchspeicheldrüse; wenn du was hast im Innern von deinem Leib oder so wirst du auch gehen zu einem Internisten; ich hab schon geredet neulich mit Professor Mendel von meiner Aura und er hat gesagt ich soll mir nicht Sorge machen um meine Aura eine so schöne Aura ist ihm kaum je begegnet in seiner Praxis und er hat mir geklopft auf mein Knie mit einem Hämmerchen und hat gesagt, es hüpft, sehn Sie!

Und ich hab mir gedacht, wenn das Knie hüpft bei meinem Weibe wird mein Knie auch hüpfen bei mir und hab mir auch auf mein Knie geklopft mit einem Hämmerchen nur auf das andere Knie aber mein Knie hat nicht gehüpft vielleicht hab ich es falsch geklopft oder auch es ist wirklich was nicht wie es sein soll mit meiner Aura, nur ich hab es noch nicht gemerkt, und es ist gut daß mein Weib mich warnt, immer warnt mein Weib mich und immer passiert mir was wenn ich nicht folg ihrer Warnung, ich fall hin und schlag mir den Kopf auf wie neulich oder der Augenprofessor den mein Weib gleich nicht gemocht hat in Westberlin verpfuscht mir mein Auge, also entschließ ich mich ich werd lieber gut aufpassen auf meine Aura, ich will nicht weg von dieser Welt vor meiner Zeit, ich will hübsch bleiben noch ein Weilchen samt meiner Aura bei der Aura von meinem Weib und ich frag sie, meinst du, ein Dichter hat eine Aura?

Und mein Weib kuckt mich an denn sie weiß, manchmal dicht ich, mit Reim hinten oder auch ohne Reim und nur mit Rhythmus, und sie sagt, Jeder hat eine Aura, aber die Leute pflegen sie nicht, ihre Aura. Sie fressen und saufen und tun dies und tun das, sie geben ein Vermögen aus für die Pflege von ihrer Haut und von ihre Füß, aber von ihrer Aura? Dabei wär die Aura, glaub ich, dankbar für jede wie man sagt Zuwendung, sogar die kleinste; jeder Pudel kriegt mehr Zuwendung als die Aura; dabei wenn du irgendwohin gehst in Gesellschaft, was zählt? Dein Sakko vielleicht? Deine Reden, deine gescheiten! Dein Interview im Fernsehn, dein letztes? – Nein, deine Aura! Kuck dir an, um wen die Menschen sich drängeln, um dich vielleicht mit deiner vermickerten Aura?

Um dich drängeln sie, geb ich zu, und beug mich und küß die Hand von meinem Weibe, und sag ihr, du hast so was Atmosphärisches, wo ich nichts hab, und wenn du was sagst, dann klingt es als käm es von deinem Herzen, und wenn du verziehst deinen Mund zu deinem Lächeln verströmst du was man nennt Charme.

Und ich seh wie sie aufblüht wie ich so rede, und mich ankuckt, als würd sie mir gleich fallen um meinen Hals, und ich hör wie sie mir sagt mit tiefem Ernst und mit Gefühl, Meine Aura! Da siehst du wie sie wirkt, meine Aura!

Und ich sag mir, ein andermal könnt es auch sein *meine* Aura welche wirkt; ich muß nur reden mit meinem Weib auf die richtige Art und mit den richtigen

... sie fressen und saufen ...

Tönen und schon hab ich auch eine Aura die wirkt und auch von mir geht aus was Atmosphärisches und ich verström was man nennt Charme, aber im Grund, denk ich, hat das Weib doch recht und das bissel Aura was ich von Natur aus besitz sollt ich pflegen mit größerer Sorgfalt, das ist wie mit den Zähnen, die fallen auch aus wenn du vergißt sie zu spülen und nicht putzt; wenn der Mensch schon was hat was ihm hilft zu seinem Nutzen, es zählt richtig erst wenn er sich bewußt wird darüber.

Und ich denk weiter wenn ich also schon hab eine Aura sollt ich sie vielleicht auch gebrauchen bei guter Gelegenheit, was kostets mich wenn ich sie sowieso hab, ich muß sie nicht extra anschaffen für teures Geld und muß sie nicht putzen wie mein Weib immer sagt polier dir die Schuh so kannst du nicht ausgehn mit mir die Stiefel verdreckt und das Hemd zerknittert, wie siehst du denn aus, aber mit meiner Aura kann ich ausgehn auch wenn sie nicht poliert ist, eine Aura ist, wenn ich nachdenk darüber, wie eine Auswirkung und ein Effekt von Persönlichkeit und von Charakter, und was Charakter betrifft, hat mir erst neulich ein Mensch im Vertrauen gesagt über den meinigen, Allen Respekt!

Aber drängeln tun sie sich doch um mein Weib wenn wir hingehn irgendwo, und nicht so sehr um mich, weil die Aura von meinem Weib ist besser entwickelt und sie zeigt ihre Aura mit Eleganz und mit Liebreiz während ich, ich häng immer herum mürrisch und maulfaul und mein Weib muß mich anstoßen unterm Tisch mit ihrem Fuß damit ich nicht einschlaf wenn ich sollt wirken hellwach und intelligent in der Öffentlichkeit, oder in einer Privatgesellschaft wenn ich sollt funkeln mit Witz und mit meinen Gedanken.

Und dann denk ich, wozu hast du deine Aura, welche du trägst bei dir stets wie deine Nase im Gesicht oder wie deine Haut auf dem Leib? Mußt deine Aura nur aufblasen wie ein Ballon oder blankreiben wie einen Spiegel und ihr eine Chance geben, deiner Aura, damit sie sich plustern kann und ausbreiten und ausströmen lassen dein Charisma, dann könnt vielleicht noch was werden aus dir und du möchtest finden Anerkennung und möchtest ein würdiger Gatte werden von einem Weib wie dem deinigen und nicht so ein Untam sein, ein ungeschickter.

Aber dann denk ich, vielleicht geht es auch mit

nicht so viel Herumhobeln an meiner Person, und in der Nacht, wie ich lieg neben meinem Weibe, streck ich aus meinen Arm, und wie ich fühl daß ich müßt ungefähr dran sein an ihrer Aura streichel ich sie und flüster zu ihr, ist das deine Aura, und sie sagt, ja, und du weißt du sollst meine Aura in Ruh lassen, die Aura ist mit das Empfindlichste was der Mensch hat, eine falsche Bewegung und weg ist sie, und du kannst lange warten bis sie wieder da ist. Und ich sag zu meinem Weib, ich will um Gottes willen nicht beschädigen deine Aura; das Gegenteil will ich, ich will dir vorschlagen ein Geschäft. Ein Geschäft, fragt sie. Eins was ist fair, sag ich, und ehrlich dazu: du gibst mir deine Aura und ich geb dir meine Aura, die kannst du dann putzen und polieren nach Lust und nach Geschmack damit sie wird werden wie deine Aura welche du wirst getauscht haben mit meiner. Das ist nicht dein Ernst, sagt sie; das soll sein ein faires Tauschgeschäft und ehrlich dazu? Vielleicht geb ich dir noch was drauf, sag ich. Und was wirst du mir draufgeben? fragt sie. Und ich denk nach ein Moment und sag dann, All meine Liebe.

Und ich spür, daß sie anfängt zu überlegen, und

ich sag ihr sie soll nicht vergessen, bitte schön, was ich ihr schon gegeben hab an Liebe in den ganzen Jahren wo wir sind zusammen, und wenn sie das anrechnet auf was sie noch kriegen wird in der näheren Zukunft, dann wird es vielleicht ausreichen für ihre Aura.

Und ich seh wie sie rechnet, und ich krieg eine Angst, daß es vielleicht doch nicht wird reichen mit meiner Aura, wenn man einbezieht die Differenz zwischen ihrer Aura, ihrer schönen und wohlgestalten, und meiner armseligen, und ich sag ihr, vielleicht möcht es genügen wenn sie mir ausleiht ihre Aura jedesmal wenn ich eine anständige Aura werd brauchen, und ich leg noch ein bissel was drauf bei der Liebe welche sie sowieso von mir kriegt jede Woche, zusammen mit dem Geld für den Haushalt, und sie sagt, es käm darauf an, und ich frag, worauf käm es an, und sie sagt, auf eine Probe, und ich sag, Komm, wir probieren.

Und sie macht auf ihre Arme und ich beweg mich hin zu ihr und ich spür wie ihre Aura ganz sanft wird und nachgiebig und wie ein bissel was rüberfließt von ihrer Aura zu meiner, was Atmosphärisches, und von dem Lächeln um ihren Mund und von ihren Augen strahlt aus ihr Charisma, und ich sag zu ihr, ich lieb deine Aura, und sie schaut mich an und dann sagt sie, ich würd dich auch lieben sogar ohne Aura, und ich sag, würdest du? – und sie sagt, Ja, oh, ja.

Die Geschichte von der großen Rede

Also, Kinder, ich werd euch die Geschichte von der großen Rede erzählen und wie ich sie doch geredet hab trotz allem und allem und allem. Nicht daß ich sag ich wär ein Held wie der junge David gewesen ist mit seiner Schleuder; eher bin ich was unsereins als eine ängstliche Seele bezeichnet; aber ich hab mir nicht helfen können, ich hab's machen müssen.

Wie sie mich in den großen Bundestag gewählt haben wo sie mit Demokratie machen und wo der Herr Kanzler mit seinen Ministern und die Herren Deputierten von den verschiedenen deutschen Stämmen sitzen und ihre Geschäfte bereden und dann aufstehen und kleine Plastekarten in Schachteln aus Pappe werfen mit oben einem Schlitz drin, welches man eine Abstimmung nennt, hab ich gewußt ich werd reden müssen die große Rede für die

Eröffnung von der Sitzungsperiode, mit sanfter Stimme und mit sanften Worten, und es wird geben Trabble.

Ich hab gewußt es wird Trabble geben, weil ich erstens ein Jud bin, welcher längst hätte nichts mehr sein sollen als ein verwehtes Rauchwölkchen am Himmel über Auschwitz, und zweitens ein Linker, und drittens weil ich gekämpft hab als ein Soldat, ein amerikanischer, in dem großen Krieg gegen Hitler, und weil ich heut noch arbeite mit meinem verdrehten Kopf, und überhaupt wegen meiner ganzen wie man sagt Biographie, was alles nicht passen will in den großen Bundestag wo sie mit Demokratie machen.

Aber sie haben keine guten Gründe finden können um zu sagen, nein du darfst nicht, weil ich nämlich nicht gewesen bin was sie nennen staatsnah zu den früheren Obrigkeiten oder gar ein Täter von der alten DDR-Republik, sondern ich bin ein richtiggehender Verfolgter gewesen und die geheime Polizei hat gestanden und gelauert vor meiner Haustür und hat hereingehört in mein Telephon und hat mir Spione in meine Küche und mein anderen Gemächer gesteckt in Form von meinen Hausdamen, und der Genosse Vorsitzende vom Staatsrat hat gegen mich geschimpft in aller Öffentlichkeit und in den Medien. Aber trotzdem haben sie gehofft in dem großen Bundestag sie werden noch was finden um mich an meiner großen Rede zu hindern, und ein Herr welcher um ein kleines jünger ist wie ich aber auch schon ganz schön alt hat auch eine große Rede präpariert im Fall sie finden was.

Und wie der Vorabend ist gekommen vor dem großen Ereignis oder was man auch nennen kann Eröffnungstag von der neuen Sitzungsperiode ruft mich an der kleine Herr Gysi welcher der Chef ist von der PDS welche die kleine Partei ist ganz links in dem großen Bundestag wo ich bin assoziiert und sagt es gibt Trabble weil sie nämlich ein Dokument zirkulieren lassen wo drin steht ich hätt aufgenommen in den alten Zeiten eine Verbindung zu einem gewissen Herrn Oberst Heine von dem Ministerium für Staatssicherheit von der alten DDR und hätt diesem eine Information gegeben über einen gewissen Herrn Brandt welcher damals ein Mitglied gewesen ist von der Bezirksleitung von der alten SED-Partei in der alten DDR und sich in den Westen geflüchtigt hat und später zurück in den Osten gekidnappt worden ist, und ich hätt zusammengemacht mit dem Ministerium für Staatssicherheit von der alten DDR, und ich wär also ein Täter, und da könnt ich nicht reden meine große Rede in dem großen Bundestag, weil dieser nämlich gelten möcht als eine sehr eine moralische Institution.

Und ein großes Durcheinander ist gekommen in meinen Kopf und gleich darauf hat angerufen bei mir die Frau Süssmuth welche wie ein Präsident sitzt in dem großen Bundestag und hat gefragt süß wie ein Honigbonbon ob ich unter den Umständen wirklich wollt reden meine große Rede in dem großen Bundestag und die neue Sitzungsperiode eröffnen, und mir ist ganz komisch geworden in meinen Kischkes und meinem Gedärm und ich hab sie gefragt, was ist los Frau Präsident und wer ist Herr Oberst Heine, und sie hat gesagt sie wird mir faxen was sie da zirkulieren von einem Amt zum anderen und zu den Herren Vorsitzenden von den Fraktionen in dem großen Bundestag und auch zu ihr, und ich hab gesagt Frau Präsident ich weiß von nichts was mich davon zurückhalten könnte zu reden meine große Rede in dem großen Bundestag und zu eröffnen die neue Sitzungsperiode; aber es ist mir doch ganz schön unwohl gewesen in meinen Kischkes und meinem Gedärm, und mein Weib welche nicht so durcheinander gewesen ist in ihrem Kopf wie ich hat in den Geheimakten gesucht von dem Ministerium für Staatssicherheit welche wir haben erhalten von der Behörde von dem großen Herrn Gauck und hat gewühlt und geblättert darin damit sie herausfinden könnte was möcht stecken hinter dem ganzen Meschuggas.

Und wie ich den Namen gehört hab von dem Herrn Oberst Heine und seinen Namen dann auch gesehen hab in dem Fax von der Frau Süssmuth hab ich gedacht: Heine… Heine… Und da ist mir in den Kopf gekommen, daß ich viele Jahre zurück eine Sekretärin gehabt hab welche Frau Heine geheißen hat und welche eine Person war wie ein Dragoner und mir erzählt hat ihr Ehegatte wär von Beruf Kriminaler, von der DDR-Kriminalpolizei, und sie eine Kriminalbeamtensehegattin, und daß ich damals mit dem Dragoner eine kurze Notiz geschickt hab an ihren Ehegatten nachdem ich mit der Briefpost eine große Megille gekriegt hab von dem nach dem Westen geflüchtigten Herrn

Brandt, welche aber nicht von dem Herrn Brandt mit der Hand geschrieben war sondern vervielfältigt von wer weiß wem, und wo einzig nur Lieber Stefan mit Feder und Tinte drauf geschrieben war, oben über dem anderen, und wo da zu lesen gestanden hat ich sollt kommen nach Westberlin damit der Herr Brandt mir die Gründe erzählen könnt warum er sich nach dem Westen geflüchtigt hat, aber mir hat die Sache gestunken wie ein Versuch von einem geheimen Dienst mit mir anzubandeln aber vielleicht auch von dem Ministerium für Staatssicherheit selber, was weiß ich, und ich hab mir gedacht ich geb das Ganze den Kriminalen sollen sie wissen so schlau wie die geheimen Dienste bin ich schon lange und wie das Ministerium für Staatssicherheit sowieso.

Und ist gekommen damals der Ehegatte von meiner Sekretärin mit noch einem Bocher von den Kriminalen, wie ich geglaubt hab, welcher hat geheissen Herr Kienberg und aus welchem dann geworden ist in späteren Jahren der Obergeneral und große Macher von all dem Schnüffelvolk und Spähern welche mir und meinem Weibe nachgespürt und nachgeschnüffelt haben mit List und Finesse

im eigenen Haus und von weiter weg und überall, aber an dem Tag haben sie gekuckt auf den Brief, der Herr Kienberg und der Herr Heine, und haben genickt wie die Rabbinen und haben wissen wollen woher ich kenn den Herrn Brandt und ich hab gesagt ich kenn ihn durch den Herrn Professor Havemann welcher hat mir gesagt der Herr Brandt könnt mir erzählen was in der Bezirksleitung von der SED-Partei gewesen ist in den kritschen Tagen im Juni 1953 und noch Sachen welche man nennt Interna und welche ich gebraucht hab für meinen neuen Roman zu der Geschichte, und daß der Herr Professor Havemann sich sehr empört hat daß der Herr Brandt sich nach dem Westen geflüchtigt hat weil nämlich der Herr Professor Havemann zu der Zeit immer treu gelegen hat auf der reinsten Linie von der SED-Partei. Und der Herr Kienberg welcher zusammen mit dem Ehegatten von meiner Sekretärin zu mir gekommen ist an dem Tag hat alles niedergeschrieben in sein Notizbüchel damit er und der Herr Heine auch nicht vergessen was ich ihnen gesagt hab.

Und wie ich mich an dem Vorabend vom Eröffnungstag von der großen Sitzungsperiode erinnert hab in meinem verdrehten Kopf an die ganze alte Sache mit dem Ehegatten von meiner Sekretärin und dem Bocher mit dem Notizbüchel und was noch so drum und dran gewesen ist bin ich ein bissel mehr ruhig geworden und hab zu meinem Weib gesagt ich werd reden meine große Rede morgen bei der Eröffnung und hör auf zu wühlen in den geheimen Akten welche uns die große Gauck-Behörde gegeben hat, und mein Weib ist getreten an die Fenster von unserem Zimmer im Erdgeschoß von unserem Haus und hat gesagt da sind Leute in unserem Garten glaub ich und es ist wie es war in den Zeiten von der DDR wo auch immer Späher und Horcher um uns herum waren von dem Ministerium für Staatssicherheit aber die sind gewesen geschickter und nicht immer gleich sichtbar und zu erkennen.

Und wir haben uns gelegt in unser Bett wie zwei Kinder in der Dunkelheit und haben uns geschmiegt einer an den andern aber nicht viel geschlafen, und in der Früh bin ich gefahren in einer großen Limousine von dem Fuhrpark von dem großen Bundestag zu dem großen Gebäude von dem alten Berliner Reichstag welchen die Nazis angezündet haben damals und wo jetzt die Eröffnung sollt sein von der neuen Sitzungsperiode von dem großen Bundestag, und mein Weib ist in einem andern Auto gefahren ein bissel später, weil ich noch hab müssen reden mit einem Herrn Dr. Kabel welcher ist die Seele von dem Geschäft von dem ganzen Bundestag und der große Souffleur und Meister von den Zeremonien und alles weiß über wie ich sollt eröffnen die Sitzungsperiode und erst mal fragen ob nicht vielleicht ein Mensch sitzt in dem großen Haus welcher geboren ist noch vor meinem Geburtstag im April 1913 dann kann er haben den Vorsitz und kann reden die große Rede.

Und dann ist getreten in das Zimmer wo ich gesessen hab ganz bleich und ganz still ein Herr Doktor Geiger welcher ist auch von der Gauck-Behörde und der Gehirnmensch von dem großen Gauck und heute hat er selber einen feinen kleinen geheimen Dienst ganz für sich allein und ist ein großer Macher ganz auf eigenes Konto, und hat getragen unter seinem Arm fünf Bände von Akten über den Herrn Brandt welcher sich hat geflüchtigt in den Westen, und hat herausgezogen aus dem ganzen Wust einen Zettel welcher ist gewesen der wahre Bericht von dem Herrn Kienberg welcher war der Bocher der damals gekommen ist in mein Haus mit dem Ehegatten von meiner Sekretärin und alles mitgeschrieben hat in sein Notizbüchel, und war auf dem Bericht auf dem Zettel alles ganz anders wie es gewesen ist auf dem Fax von der Frau Präsident Süssmuth von dem großen Bundestag, und ich hab dagestanden rein wie der frischgefallene Schnee und gar nicht wie ein Täter und beträufelt von oben bis unten mit Nähe zum alten Staat, weil dieses hat hineingefälscht auf den Zettel ein Beamter von einer Regierungsstelle von der neuen großen Bundesrepublik, der schönen, blühenden, welche die Regierungskriminalitäten von der alten DDR-Republik untersuchen soll aber heutzutag wie man sieht selber macht in Regierungskriminalitäten, und hat die Fälschung gegeben an seinen Obermacher, den Herrn Polizeichefdetektiv Kittlaus. Der Herr Kittlaus aber ist überglücklich gewesen, daß er was gekriegt hat mit was er sich ein Lob verdienen kann und eine ordentliche Prämie von seinem Obermacher, und hat mit einer affenartigen Geschwindheit die Fälschung weitergegeben an den Herrn Innensenator Heckelmann von der großen Stadt Berlin welcher ebenfalls mit einer ebenso affenartigen Geschwindheit sie seinerseits weitergegeben hat an seinen Obermacher, den Herrn Innenminister Kanther von der Regierung von der großen Bundesrepublik, welcher hat auch wieder mit einer affenartigen Geschwindheit sie an die Herren Vorsitzenden von den Fraktionen in dem großen Bundestag weitergegeben und an die Frau Süssmuth und alle haben sie gehabt eine echte Freude weil nun für sie sämtlich hat festgestanden daß ich bin ein Täter mit Staatsnähe zu der alten DDR und sogar vielleicht ein Mittäter bei dem Kidnapping von dem Herrn Brandt zurück nach dem Osten, was ihm passiert ist Tatsache, so daß ich nicht sollt können reden meine große Rede und eröffnen die neue Sitzungsperiode von dem großen Bundestag; aber dann hat die Frau Süssmuth sich doch bedacht noch einmal und hat mir und dem kleinen Herrn Gysi das Ganze gefaxt und ich hab mich geweigert und zu ihr gesagt an meinem Telephon, nein, Frau Süssmuth, mit mir nicht, mit der Betonung auf nicht.

Und dann, wie der Herr Doktor Geiger fortgegangen ist zurück in seine Gauck-Behörde, hat mich der Herr Dr. Kabel der große Souffleur und Meister von den parlamentarischen Zeremonien genommen und hat mich über eine Treppe, eine geheime, auf die Rednertribüne geführt von dem großen Bundestag welcher versammelt gewesen ist in dem verbrannten alten Reichstag nachdem man diesen ausgefegt und mit Teppichen ausgelegt hat für die große Okkasion, und ein jeder kann sich denken wie verdreht mein Kopf gewesen ist, aber so wie der junge David seine Schleuder hab ich in der Tasche von meinem guten Nadelstreifenanzug den Zettel gehabt von dem Herrn Doktor Geiger und mein Papier mit meiner großen Rede drauf, und hab mir gedacht der alte jüdische Gott wird mir helfen so wie dem jungen David mit seiner Schleuder gegen den Riesen Goliath und hab nicht mal bemerkt daß der Herr Kanzler und all seine Mitmacher und Nachrenner auf der rechten Seite von dem großen Parkett sich nicht mal erhoben haben wie ich reingekommen bin aber waren sitzengeblieben auf ihren Händen und haben auch gar nicht applaudiert; ich bin schon froh gewesen daß sie nicht haben gejohlt und gepfiffen zu meiner Be-

grüßung wie ich erwartet hab nach den Ereignissen von dem Vortag.

Und hab ich dann geredet meine Rede und hab gesprochen von dem anderen Herrn Brandt welcher nicht in der Bezirksleitung Berlin von der alten SED gewesen ist sondern auch ein Kanzler war von der Bundesrepublik wie der Herr da vorn in der Mitte vor mir aber von den Sozialdemokraten, und von der Frau Zetkin welche eine Kommunistin war im Jahr 1933 und tapfer geredet hat in dem Reichstag von der Revolution, der sozialistischen, wie da schon gesessen hat ein großer Haufen Nazis, und ich hab gesagt daß beide hinter diesem Pult gestanden sind auf dieser Rednertribüne seinerzeit und daß ich jetzt hier steh in einer Tradition. Und ich hab den Herrn Deputierten von dem großen Bundestag Vernunft gepredigt weil sie schwere Zeiten haben werden und ihnen gesagt sie sollen sich nicht ihre Köpfe einschlagen sondern eine Allianz der Vernunft machen, aber ich glaub nicht daß sie mir zugehört haben sondern sie haben immer gewartet daß was passieren wird und ich hab auch gewartet daß was passieren wird und hab meine große Rede gar nicht richtig genießen können und hab immer mit meinen Augen mein Weib gesucht welche, wie ich gewußt hab, unter dem großen Publikum auf dem großen Balkon oben gesessen hat.

Und wie ich fertig gewesen bin mit meiner großen Rede hab ich Beifall gekriegt aber nur einen schwachen und hab dann den Vorsitz gemacht, wie mir hat eingetrichtert der Herr Dr. Kabel der große Souffleur, bei dem Hereinwerfen von den kleinen Plastekarten von den Herren Deputierten in die Schachteln aus Pappe mit oben einem Schlitz drin damit die Frau Süssmuth wieder werden könnt Präsidentin von dem großen Bundestag, was man nennt Abstimmung. Und nach dieser Abstimmung hab ich meine Glückwünsche der Frau Süssmuth gegeben und hab mir gedacht soll ich sie küssen links und rechts auf ihre Bäckchen wie ein General, ein russischer, aber dann hab ich mir gedacht lieber nicht ihr Herr Gemahl möcht's nicht mögen, und hab sie geleitet zu dem Stuhl wo ich vorher gesessen hab und hab ihr übergeben die Geschäfte von dem Haus und bin runtergegangen über eine kleine Treppe in das Parterre von dem großen Bundestag wo der kleine Herr Gysi hat gesessen,

und hab mich neben ihn gesetzt und hab von da aus endlich mein Weib gesehen wie sie dort unter dem großen Publikum gesessen hat auf dem großen Balkon und hab ihr gedankt mit meinen Augen aus der Tiefe von meinem Herzen weil sie mir die Kraft und die Courage gegeben hat durchzustehen den ganzen Meschuggas.

Und danach wie ich rausgegangen bin aus dem Parterre in den großen Vorraum damit ich mein Weib dort treffen könnt und ein Glas Wein mit ihr trinken sind ganze Scharen von Reportern gekommen von den Medien mit Kameras und mit Zeug und haben wissen wollen was ist nun gewesen und ob ich gemacht hab mit dem Ministerium für Staatssicherheit in den alten Zeiten von der DDR wie es verbreitet haben der Herr Polizeichefdetektiv Kittlaus und der Herr Innensenator Heckelmann und der Herr Innenminister Kanther und ob ich den Herrn Brandt gekidnappt hab welcher sich in den Westen geflüchtigt hat, und ich hab verkündigt daß ich eine Konferenz für die Presse machen werd am nächsten Tag und ihnen alles erzählen werd was gewesen ist damals mit den zwei Kriminalen welche zu mir in mein Haus gekommen sind und der eine hat alles notiert in sein Notizbüchel, und mit dem Herrn Brandt von der Bezirksleitung Berlin von der alten SED und auch mit dem Herrn Professor Havemann durch welchen ich überhaupt an den Herrn Brandt gekommen bin damit ich meine Informationen könnt kriegen und meine Interna für meinen neuen Roman, und daß ich ihnen vorlegen werd alle Dokumente welche sie dann verwenden können nach Lust und nach Wunsch in ihren Medien, aber daß ich jetzt ein Glas Wein trinken möcht mit meinem Weib und sie sollen alle gehen und uns verlassen.

Und hab dann angestoßen mit meinem Weib in dem alten Reichstag den ich noch selber hab brennen sehen am Anfang von der Hitlerzeit und hab ihr in ihre Augen geblickt und ihr gedankt ganz leise und hab ihr Glück und Masel gewünscht und daß sie gesund werden soll von ihren verschiedenen Krankheiten und soll wieder a jolly good fellow werden wie sie immer gewesen ist, weil nämlich ich brauch sie und sie braucht mich bis zum Ende von unseren Tagen.

Prost, Kinder!

Alte Liebe

*H*äßlich bist du geworden!« sagt mein Weib zu mir beim Frühstück und mustert mich mit kritischem Blick, und ich möcht mich am liebsten verkriechen obwohl ich meine Quarksemmel noch vor mir hab, und ich denk mir, soll ich ihr sagen geh du mal und kuck in den Spiegel auf dich selber, aber ich sag's nicht zu ihr, denn sie hat was Innerliches was ihr Gesicht verschönt auf eine ganz eigene Art und was mir ans Herz rührt sogar früh am Morgen schon, und außerdem hat sie im Vorjahr wie ich schon dreiviertel tot war an meinem Bett gesessen Tag um Tag im Spital und mir die Hand gehalten und den Tod abgewehrt von mir mit Hingebung und mit Gebet, und so sag ich zu ihr, »Dankeschön für den freundlichen Hinweis aber was soll ich machen gegen das Schwinden von Schönheit und von Gestalt?« und sie sagt, »Vielleicht solltest du einfach ein bissel freundlicher sein wenigstens manchmal, das möcht dir helfen«, und gleich versuch ich ein freundliches Gesicht zu machen aber ich fürcht bei mir hilft kein freundliches Gesicht mehr, so sehr ich mich auch anstreng, und die Zeit und mein Genörgel haben aus mir gemacht einen häßlichen alten Kerl.

Und dann, wie wir gefahren sind aufs Land zum Besuch bei einem Freund von uns, da war auch ein Maler da, noch nicht berühmt, sonst hätt er sich nicht so bemüht um mich, aber mit Zukunft, sonst hätt unser Freund sich nicht so bemüht um ihn, und der Maler hat gesagt ob er mich zeichnen könnt und ich hab gesagt er soll sich jemand Hübscheren aussuchen und nicht so einen häßlichen alten Kerl wie mich, aber er hat gesagt ich hätt einen Charakterkopf, und ich sollt mir ansehen die Porträts welche gemalt worden sind von Rembrandt und von van Gogh und von den anderen Größen, das wären auch alles gewesen Charakterköpfe, jedenfalls bei den Männern, und ich hab mir gedacht, soll er's versuchen, hinterher werd ich vielleicht erkennen können ob ich auch ein Charakterkopf bin oder einfach nur häßlich.

Und so hab ich mir ausgesucht einen breiten

Alte Liebe...

Holzstuhl im Garten von unserm Freund und der Maler hat sich auch auf einen Holzstuhl gesetzt mir gegenüber und hat einen Malblock gelegt auf sein Knie und hat angefangen zu zeichnen mit einem dicken Stift auf einem dicken Papier, und ich hab versucht zu kucken wie er mich malt aber es war alles umgekehrt natürlich mit dem Kopf nach unten und dem Bauch nach oben weil ich ihm ja gegenübergesessen hab und außerdem schräg weil er den Malblock hat schräg gehalten auf seinem Knie so daß ich nichts hab richtig erkennen können und gedacht hab ich werd noch warten müssen bis ich sehen kann ob ich vielleicht auch ein Charakterkopf bin wie die Männer welche gemalt worden sind von Rembrandt und von van Gogh und von den andern Größen und mit Stolz darauf hinweisen kann vor meinem Weib, und hab mir eine Zeitung genommen und hab zu lesen angefangen und bin eingeschlafen darüber.

Und wie ich aufgewacht bin ist der Maler fertig gewesen mit seiner Zeichnung und hat auch gleich einen schönen Titel gehabt dafür, nämlich »Lesender Dichter an einem Sommernachmittag«, und ich hab meinen Kopf bewundert mit meiner Nase und meinem Kinn und meinen Augen nachdenklich nach unten gerichtet, und hab mir gedacht, wahrhaftig und Gott, ein echter Charakterkopf! – und hab den Maler gefragt was mich sein Bild kosten würd und hab gehofft er würd sagen, für einen Charakterkopf wie den Ihren frei und gratis natürlich, aber er hat geglaubt er ist schon wie Rembrandt oder van Gogh und die anderen Größen bloß weil ich mich hingesetzt hab vor ihn so daß er mich zeichnen kann und hat eine Summe genannt daß ich mich genier sie zu wiederholen, aber ich hab sein Bild gebraucht für mein Weib als einen Nachweis für meinen Charakterkopf und hab dem Maler einen Scheck geschrieben zur Hälfte damit er nicht glaubt ich verdien mein Geld so leicht wie er, und hab das Bild einrahmen lassen, und wie ich's dann geschenkt hab meinem Weib zu ihrem Geburtstag hat sie es angeblickt mit Kritik und hat gesagt, »Aber es sieht dir überhaupt nicht ähnlich!«

Und dann das mit unserem Vorgarten. Wie ich eingezogen bin in das Haus in dem ich immer noch wohn war das Haus neu und die Straße an der das Haus liegt war still und vergessen, und sowieso hat kaum einer ein Auto gehabt am Anfang von der alten Republik so daß man liegen konnt in einem Liegestuhl in dem Vorgarten in schöner Ruhe und auf der Terrasse sitzen und seinen Kaffee trinken ohne daß die Tasse gewackelt hat und geklirrt jedes Mal wenn ein Lastauto ist vorbeigerumpelt beladen mit Sperrmüll oder mit leeren Fässern oder ein Motorrad ist vorbeigedonnert mit zwei Teenagern drauf welche geklammert sind aneinander wie zwei Affen im Zoo, und alles mit Vollgas weil die Straße an welcher unser Haus liegt ist eine Abkürzung von der Hauptstraße und die Leute fahren auf Abkürzungen natürlich wenn sie auch fahren könnten auf der Hauptstraße weiter weg, und jedes Mal wenn mein armes Weib ist gerade zur Ruhe gekommen erschrickt sie sich und ihre Nerven spielen meschugge und ich muß ihr die Hände halten und sie trösten und gleich rattert und ratscht es wieder und die Motoren heulen auf vor unserm Vorgarten.

Und ich denk ich werd Nägel streuen vorn an der Straße wo sie abbiegen müssen um die Ecke die verfluchten Motoristen dann werden sie schon sehen, aber bei meinem Pech werden nicht ihre Reifen kaputtgehen sondern die meinen wenn ich mal losfahren muß mit meinem Auto, ich fahr schon ganz wenig wegen meinem Alter und nur wenn ich muß aber dafür langt es, und ich könnt auch haben einen Konflikt mit der Polizei wenn sie mich kriegen gerade wenn ich die Nägel hinstreu, und so hab ich geschrieben an den Herrn Präsidenten von der Polizei daß unsere Straße ist keine Rennbahn sondern eine Nebenstraße und in einem Wohngebiet und sie sollen was tun gegen die Verkehrsrowdies und die Krachmacher und sollen Hinderungsgräben ziehen quer über den Asphalt oder sonst was, und nach einer Zeit haben sie hingestellt an die Ecke ein Schild mit einer großen schwarzen 30 und mit rotem Rand und ich hab mir gedacht einen Dreck werden sie sich kümmern um so ein Schild, die verfluchten Motoristen. Trotzdem hab ich mich bedankt freundlich wie ich bin bei dem Herrn Präsidenten von der Polizei, aber bevor ich noch hab absenden können mein Schreiben kommt schon ein Schreiben von dem Herrn Präsidenten von der Polizei selber daß ich hab überschritten die Geschwindigkeit und bin geknipst worden mit 50 und daß eine 30-Kilometerstraße ist keine Rennbahn und daß er gleich beilegt eine Zahlungsüberwei-

sung welche ich möcht so freundlich sein auszufüllen und zu unterschreiben.

Und jetzt wenn wir sitzen in unsern Liegestühlen mein Weib und ich oder auf unsrer Terrasse und unsre Tassen klirren und der Kaffee schwappt darin und vor unserm Vorgarten rumpelt und donnert und rattert und ratscht es wieder und die Motoren heulen auf, dann kann ich nur nehmen die Hand von meinem Weib in meine Hände und ihr sagen, »Verzeih mir Liebste, ich würd ja ausziehen wenn's absolut sein muß von hier woandershin, aber ich bin ein alter Mann, ein häßlicher, und hier haben wir nun schon so lange gelebt und gearbeitet und du hast mir das Haus so schön gemacht und die Zimmer und hast die Terrasse restauriert, es ist mein halbes Leben; und da hat sie meine Hand genommen in ihre beiden und ihr Innerliches hat ihr Gesicht verschönt auf diese ganz eigene Art, und hat gesagt, »Laß sein, ich lieb dich auch so.«

Es ist etwas ein bissel Unheimliches um ein Weib welche dich versteht in deinem inneren Wesen.

Da sagst du zum Beispiel, »Liebste«, sagst du, »weißt du wen ich gestern hab getroffen in der Akademie?«

»Nu«, fragt sie zurück, »wen?«

»Dabei«, sag ich, »geh ich schon nur alle Jubel-jahre mal in die Akademie, die Akademie ist voller Unsympathen und allen mußt du ihre blöden Hände schütteln und nett reden mit ihnen und es ist eine große Mühsal.«

»Nu« sagt sie, »sag schon wen du getroffen hast in der Akademie, immer wenn du anfängst mit einer Geschichte und dann nicht damit weiter-machst weiß ich es ist vielleicht was nicht in Ord-nung mit der Geschichte und du denkst hätt ich bloß nicht angefangen damit. Also wen, bitte, hast du getroffen?«

»Rolf«, sag ich, »Rolf Meyerbach. Und er ist zu-gekommen auf mich ganz vom anderen Ende von der Garderobe und hat geschrien, wie es mir geht und mich geküßt auf beide Backen, in aller Öffent-lichkeit, eine richtige Show, und die Leute haben gekuckt.«

Nun weiß ich mein Weib kennt den Meyerbach so gut wie kaum, sie weiß er sitzt wie ein Chef in irgendeinem Theater und seit er dort Chef ist geht es bergab mit dem Theater und sie hat so viel Inter-esse an dem Meyerbach wie an dem Scheich von

Arabien, und in dem Moment wird mir klar daß sie sich fragen wird warum erzähl ich ihr überhaupt von dem Meyerbach und daß sie wird anfangen nachzudenken darüber, und ich frag mich selber warum ich hab angefangen meinem Weib zu erzählen die ganze dumme Geschichte: weil nämlich mit dem Meyerbach war die Flora und geküßt hat mich auf beide Backen nicht nur der Meyerbach sondern auch noch die Flora, aber die Flora hat schon ausgesehen mit ihren Hängebäckchen und faltigen Lippen und ihrem Haar ihrem ausgedünnten viel älter wie damals wo ich gehabt hab mit ihr eine kleine Sache, wirklich nur eine kleine, und ohne größere Folgen, und ich hab gewußt die Flora wird sofort rumlaufen in der halben Stadt und erzählen wie sie mich getroffen hat in der Akademie und wie ich sie geküßt hab gleich wieder, der gleiche alte wie man so sagt Don Juan, und da ist es besser ich erzähl meinem Weibe bevor sie's von anderen hört daß ich geküßt worden bin in der Akademie, in aller Öffentlichkeit, aber von dem Meyerbach, denn die Hälfte von einer Wahrheit ist besser wie eine ganze Verschweigung, eine Verschweigung wird einem übelgenommen, und mit Recht.

Und mein Weib kuckt mich an wie so als will sie fragen und wer noch hat dich geküßt in aller Öffentlichkeit, aber sie fragt nicht, mein Weib macht alles immer so spannend, sondern sie sagt, »Du mit deinen Begegnungen, deinen dramatischen, in Wirklichkeit denkst du doch nur du mußt mir was sagen, ganz gleich was, damit ich nicht denk was für ein Langweiler du geworden bist auf deine alten Tage, also was strengst du dich an, du glaubst doch nicht daß ich dir nicht anmerk was vorgeht in deinem inneren Wesen. Aber du hast deine alten Geschichten und ich hab meine alten Geschichten, nur daß meine besser sind wie die deinen.«

Und wie sie so gesprochen hat so weise und lieb und wie man sagt einfühlsam, was hab ich machen können: ich bin auf sie zugegangen und hab sie in meine Arme genommen und hab sie geküßt und hab gedacht wie schön sie noch immer ist für mich, wie das junge Mädchen das liebreizende und rundherum wohlgeformte, mit dem ich damals gehabt hab die kleine Sache, nur daß diese kleine Sache hat größere Folgen gehabt, bis zum heutigen Tag.

Ordnung

Alle wissen, wie sehr ich ein ordentlicher Mensch bin.

Schon der liebe Gott ist gewesen ordentlich. Er hat die Welt in sechs Tagen geschaffen, ordentlich eins nach dem andern, erst hat er geschieden Licht von Dunkel, dann Wasser und Luft und die übrigen Sachen, und zum Schluß hat er Adam und Eva gemacht, und dann hat er sich hingesetzt und hat sich ausgeruht, was er nicht hätt so rasch tun sollen, weil die beiden haben sofort gegessen von dem Apfel und haben Kain und Abel gezeugt, und damit ist gekommen die ganze schlimme Geschichte, aber das ist erst gewesen danach, und angefangen hat er seine Schöpfung ordentlich und eins nach dem andern, wie ich auch immer.

Nur mein Weib sagt ich bin nicht ordentlich und zeigt mit ihrem Zeigefinger auf mein großen

Schreibtisch welcher ist bezogen mit einem grünen Bezug oben und sagt, das soll sein eine Ordnung? Das ist ein Mischmasch und ein Durcheinander und vor lauter Stücken Papier und Stiften und Mappen und Lochern und Zeugs kannst du nicht sehen den grünen Bezug oben auf dein Schreibtisch und wo ist der Voranschlag von dem Dachdecker, seit ich weiß nicht wie langer Zeit sag ich dir du sollst mir raussuchen den Voranschlag von dem Dachdecker aber tust du's vielleicht, und ich werd dir auch sagen warum nicht, weil du keine Ordnung hast nicht mal auf deinem eigenen Schreibtisch.

Nun könnt einer der mich nicht kennt in meinem Wesen und sieht die Oberfläche von mein Schreibtisch tatsächlich denken da wär keine Ordnung, aber da ist eine Ordnung nur andersrum wie eine Ordnung ist bei meinem Weib und vielleicht bei andern Personen noch welche sind in ihrem Kopf ein bissel wie mein Weib. Nämlich meine Ordnung ist geordnet nach Zeit und bei meinem Weib nach Fächern, sie tut ihre Sachen in Fächer und dann vergißt sie in welche, aber ich glaub nicht an Fächer, mein ganzes Leben lang haben die Herren

Ordnung.

und Damen von den Medien und von der Wissenschaft versucht mich einzuordnen in Fächer, nur ich paß nicht in Fächer, immer hängt was von mir über bei den Fächern wenn man sie will zuschieben, weil ich bin im Grund ein Rebell; also ich leg meine Sachen auf den Schreibtisch oder auf das Regal von dem Bücherschrank geordnet nach dem Datum wo ich sie gekriegt hab von links nach rechts oder in Kreisen welche man nennt konzentrisch oder übers Eck, jedenfalls weiß ich wo was liegt und gleich noch die Geschichte wann ich's gekriegt hab und warum, und meistens schmeiß ich's dann weg, denn der liebe Gott, welcher ist gleichfalls ordentlich, der liebe Gott macht daß das meiste was die Leute einem schicken wie man sagt obsolet wird nach ein paar Wochen und sowieso wegkann in den Papierkorb.

Aber warum braucht der Mensch eine Ordnung überhaupt? Ich werd euch sagen warum. Nämlich damit man kann wiederfinden seine Sachen wenn man sie braucht, denn immer wenn man was braucht braucht man's in Eile und in Hast und wenn man hat keine Ordnung und nicht weiß wo was liegt ist Katastrophe wie beim Aufbruch der

Kinder Israel aus Ägypten wie der Pharao hat gesagt nach all den zehn oder wieviel Plagen: Nu aber raus mit euch! und die Kinder Israel haben nicht mal gefunden womit man säuert den Teig zum Brotbacken und so sind entstanden die Mazzes welche man heute noch ißt zu Pessach und welche schmekken wie wenn man heraushängt seine Zunge zum Fenster hat unsere Freundin Bertha Waterstradt selig immer gesagt, die bekannte Autorin.

Aber der schlimmste Wirrwarr kommt wenn die Ordnungen werden durcheinandergebracht. Also mit meiner Serviette. Ich muß essen mit einer Serviette, nämlich weil mein Stuhl auf dem ich immer sitz wenn ich eß steht auf einem Teppich und wenn ich heranwill näher an den Tisch worauf die Teller stehen und mein Glas und mein Messer und Gabel liegen und ich rutsch nach vorn mit meinem Stuhl verkrumpelt sich unten der Teppich, und weil ich bin so ordentlich kann ich nicht richtig essen mit einem verkrumpelten Teppich unter mir, und dann kippt von der Suppe was und was von dem Spinat und dem Pudding auf mein Schoß und gleich muß mein Weib die Hose in die Reinigung bringen, und darum brauch ich eine Serviette. Und die Serviette darf nicht sein zu klein und nur ein Stückel Papier, nein ich brauch eine Serviette aus richtigem Leinen welche bedeckt mein ganzen Schoß und läßt nichts frei, und paar so Servietten hat mein Weib mit in die Ehe gebracht als ein Erbstück mit gestickten Buchstaben drauf in Rot und jedesmal freu ich mich wenn ich breit eine auf mein Schoß und fühl mich geschützt und leg sie ordentlich gefaltet zurück auf die vordere rechte Ecke von dem Tisch auf dem mein Weib serviert unser Essen. Aber läßt mein Weib die Serviette liegen wo sie hingehört? Nein. Denn sie hat ihre Ordnung mit ihren Fächern, und Servietten müssen in Fächer denkt sie, aber woher soll ich wissen in welches Fach sie tut meine Serviette, und jedesmal wenn wir wollen essen fang ich an zu suchen, und wenn ich dann meine Serviette nicht find überleg ich mir soll ich fragen, Weib wohin hast du wieder getan meine Serviette, schon wieder in die Wäsche weil du bist so ordentlich oder wohin? Aber mein Fragen stört sie, es stört ihr Gleichgewicht ihr inneres sagt sie und sie glaubt sie muß rennen nach meiner Serviette und weiß selber nicht mehr das Fach wohinein sie sie hat getan, in der Küche, oder im Silberschrank wo wir Messer und Gabeln aufbewahren und so, oder in das Fach von dem Serviertisch wo jetzt die Lampe darauf steht welche ich hab machen lassen aus einer chinesischen Vase, und das nennt mein Weib Ordnung, und lieber schon versuch ich dann ohne Serviette zu essen aber dann kippt wieder was über und schon wieder müssen meine Hosen in die Reinigung.

Und überhaupt, sag mir einer: was *ist* Ordnung? Ein Trieb? Eine Meschuggahs? Eine Wissenschaft? Ich weiß nur Ordnung ist nichts, wenn du nicht hast dazu ein Gedächtnis. Immer mußt du sitzen und lernen in dein Kopf, das hab ich dahin gesteckt und dies hierhin und jenes dort, und üben wie du's auch wieder findest, und die Leute kucken dich an wie du stumm deine Lippen bewegst und sie denken, Psst, der Alte grübelt schon wieder, und bloß nicht ihn stören, aber was ich mach in mein Kopf ist nur eine mentale Liste wie auch der liebe Gott gehabt haben muß wie er zuerst geschieden hat das Licht von dem Dunkel und darauf alles Weitere bis inklusive den Vorabend von dem siebenten Tag wo er sich hat ausgeruht, aber er hätt's natürlich auch aufschreiben können in ein Heft, und ich bin ich 1 ordentlicher Mensch GD.

auch, aber wer tut schon was vernünftig ist und naheliegend?

Und mein Weib dreht sich um zu mir in unserem Bett und fragt so süß man könnt meinen sie könnt nicht trüben auch das geringste Wässerchen: Weißt du, fragt sie, was wird kommen in ein paar Tagen nur und so rasch du wirst staunen? Und ich frag zurück, nu, was wird kommen, ein neues Jahr. Und es gibt Leute die sagen, sag ich, daß erst jetzt anfängt in Wahrheit das neue Jahrtausend, denn wenn du zählst das Geld in dein Portemonnaie fängst du vielleicht an zu zählen mit null, du fängst an mit eins, oder? Und sie sagt, Und weißt du, was wir werden machen das neue Jahr zu feiern und vielleicht auch in Wahrheit das neue Jahrtausend? Und ich denk mir, wir sind doch eingeladen bei Freunden, sollen die sich zerbrechen die Köpf was wir werden machen das neue Jahrtausend zu feiern wir haben schon genug zu schleppen mit Blümchen und Champagner und Knallern vier Treppen hoch, aber mein Weib sagt: Im Ernst, was werden wir machen für das neue Jahr und vielleicht auch in Wahrheit das neue Jahrtausend, welches kommt nur alle tausend Jahr? Und ich sag, im Ernst, ich hab nicht geglaubt ich werd leben zu sehen das neue Jahrtausend und vielleicht passiert was, was weiß einer was passiert, wart's ab, vielleicht verliert der liebe Gott seine Geduld zu Silvester mit der blöden Menschheit und es kracht?

Nein, sagt mein Weib, es kracht nicht. Es kracht nicht weil du immer noch nicht richtig weißt und ich nicht und sonst auch keiner wann das neue Jahrtausend in Wahrheit anfängt: zu Neujahr 2000 oder erst Neujahr 2001 und ob das Jahr 2000 nicht doch gewesen ist das letzte vom zweiten Jahrtausend und das dritte kommt erst jetzt und wir haben zu früh gefeiert zu Silvester 1999. Aber trotzdem werd ich dir sagen was wir werden machen zu feiern das neue Jahrtausend.

Und ich fühl wie ich schon ganz gespannt werd und nervös weil keiner kann sagen was kommt wenn mein Weib so lang macht mit ihre Vorsprüch und ihre Einleitungen und ich frag, Nu, was werden wir machen fürs neue Jahrtausend, Herz, Allergeliebtestes?

Und auf einmal glänzen ihre Augen mit Freude und mit Liebe und sie sagt: Wir machen Ordnung!

An meinen Klon

Lieber Klon meiniger,

Weiss ich wie Du wirst heißen. Ich weiß ja nicht mal ob es Dich wirklich wird geben; ich weiß nur es sind zu mir gekommen ein paar Leute von einem fancy-shmancy Verein mit Namen Council for the Propagation and Perpetuation by Cloning of Especially Valuable Individuals, was ist abgekürzt CPPCEVI und in meiner Sprache Rat für eine Verbreitung und Perpetuierung von besonders wertvollen Menschen durch Klonen oder so ähnlich, und haben mir gesagt ich wär ausgewählt worden von ihren Leuten zum Klonen und ich müßt ihnen sagen in zwei Tagen und nicht später ob ich will geklont werden ja oder nein, länger warten geht nicht weil sie hätten noch andre mit welchen sie redeten über Geklontwerden und der Vorstand von ihrem Council möcht Bescheid haben gleich, nämlich weil es sie drängt.

Also, ich hoff nur wenn Du kriegst einen Namen daß dieser wird sein ein bissel mehr eindrucksvoll wie meiner. Nomen est omen, haben schon gesagt die alten Römer, und die alten Römer haben schon richtig gewußt, nämlich weil sie waren Klassiker. Wenn ich's bedenk glaub ich ich werd Dich nicht selber kennenlernen von meiner Person zu Deiner, aber wenn's Dich wird überhaupt geben, werden die Herren von dem Council Dir sicher auch beibringen was Gescheites, und Du wirst selber wissen was die alten Römer haben gemeint mit Nomen est omen.

Also zwei Tage, haben sie gesagt, zweimal vierundzwanzig Stunden Bedenkzeit, dann müßten sie wissen von mir was ich will; sie wären selber ein bissel unter Druck weil ihr Vorstand wollt so eilig haben von ihnen die komplette Liste von Klonanden – ein Klonand ist einer, wie ich versteh, welcher wird geklont.

Aber sonst haben sie nichts weiter gefragt – nicht ob ich vielleicht ein paar Vorschläge hätt zu Deiner Person: und auch nicht welchen Namen ich möcht haben für Dich als Dein Klon-Vater oder Vater-Klon oder wie, als der jedenfalls von welchem sie abklonen die kleinen Klons; vielleicht haben sie gedacht, die Herren und Damen vom Council, es würd mich schon so freuen wenn ich wüßt daß Du würdest genau sein wie ich von Deinem Scheitel bis unten herunter, gar nicht zu reden von Seele und Charakter wo du wirklich von mir kriegst was ganz Hervorragendes. Und wie sie gespürt haben, daß ich doch gewesen bin ein bissel unsicher wegen Deiner Person, haben sie zu mir geredet und gesagt ich müßt mich nicht sorgen um meinen Klon: ich wär ja grad ausgesucht worden weil ich so perfekt wär in jeder Hinsicht, und es würd schon alles glatt gehen mit den Zellentkernungen und den Gen-Insertionen und was sonst noch wär zu manipulieren bei mir und bei Dir, und dann würd ich haben eine genaue Kopie von mir selber nach der Verklonung: es wär ein bissel wie das Hütchenspiel, haben sie gesagt, wo der Mann der da kauert auf der Straße vor seinem Publikum die Papierhütchen hin- und herschiebt bis einem verschwimmt der Blick, und dann sollst du dem Mann sagen, unter welchem Hütchen liegt das Geld.

Und dann hat mir gesagt der Professor Waxworth, welcher war der Leiter von der Delegation von dem CPPCEVI welche zu mir gekommen ist daß ich in einer geheim durchgeführten Aktion einer internationalen wär ausgewählt worden zusammen mit neunundneunzig anderen Juden und Nichtjuden, um so wie ich jetzt bin und ausseh und mich verhalt, fortzuleben auf immer, als ein Beispiel für unsere Generation und künftige und zu deren Inspiration – fortzuleben natürlich nicht im Original, unsterblich kann Dich machen noch immer nur der liebe Gott selber –, aber sie könnten Dir geben Unsterblichkeit durch eine absolut originalgetreue Reproduktion von einem Klon zum andern, von welcher Reihe von Klonen Du sollst nun der erste sein, lieber Klon meiniger.

Nun muß ich Dir sagen, Klon meiniger, daß ich bin sehr erstaunt gewesen daß die CPPCEVI mich hat ausgesucht für die Ehre, weil bisher in meinem Leben hab ich noch nie gekriegt Titel, Orden, Preise und dergleichen; ich hab nicht gehört zu der Klasse von Mensch und war einer welcher hat immer ein bissel mißfallen den Großen und den Prominenten und hab müssen danebenstehen nebbich wenn sie haben ausgeschüttet gesellschaftliche Ehren und Güter. Und jetzt ein Urvater für ganze Geschlechter von Klonen! Einer von insge-

samt hundert Modellen für die Menschheit! Ein neuer Adam!

Aber wie ich gefragt hab warum, warum ich? – haben sie nicht so richtig geantwortet, die Herren vom Council, und haben sich nicht lassen festnageln; einer hat mich so angekuckt und hat gesagt es gäb da mehrere Gründe daß sie mich hätten ausgesucht als ein Originator – wieder so ein Fachwort von der CPPCEVI; sie wüßten auch was ich hätt für Fehler und Mängel, aber ich wär immer noch besser gewesen wie das meiste was da herumkriecht auf unserm Globus. Hat er gesagt; Tatsache.

Ich bin aber auch ein Mensch welcher hat eine Moral und eine Ethik, und da hab ich mich gefragt in meinem Innern: wie kann ich herausfordern meinen Gott, meinen alten jüdischen, indem ich mich laß klonen von der CPPCEVI? Hat nicht der alte jüdische Gott mit der bekannten Brustkorboperation an unserm Urvater Adam deutlich gezeigt wie wir uns sollen fortpflanzen, nämlich über ein Weib und mit einem Teil von der Anatomie einem speziellen, und nicht mit der Klonerei? Und schon in dem Jahrhundert welches jetzt vorbei ist und wie sie Schafe geklont haben damals und anderes Viehzeug hab ich nicht immer gepredigt, entschieden und öffentlich, gegen die Kreation identischer Kopien von was die Römer haben genannt Homo sapiens? Ich hab kein Vertrauen zu unserer Gesellschaft, hab ich erklärt; seht euch an das ganze Gesocks und wer obenauf ist und wer unten und wer die Macht hat, und wenn das mal anfängt mit dem Klonen werden die Widerlinge an der Macht diese Macht ausnutzen zu ihrer Selbst-Multiplikation weil sie glauben, sie müßten mich und den Rest der Bevölkerung beglücken mit einer ganzen Kehille von ihnen.

Nun aber, da ich in eigner Person bin ausgesucht worden vom CPPCEVI geklont zu werden hat die Sache doch ein bissel anders ausgesehen nach einer Weile. Sollt ich vielleicht, weil ich bin für gleiche Rechte für alle, im allgemeinen wenigstens, das Privileg ablehnen für welches sie mich gewählt hatten beim CPPCEVI und verzichten darauf, aufzuerstehen in Deiner Gestalt, Klon meiniger? Denn nach allem, was ich gehört hatte über die Sache, würd ich ja weiterleben in Dir, und nicht nur die Form meiner Nase und die leichte Verkrümmung von meinem kleinen Finger, meinem rechten, sondern wie ich mich räusper und wie ich mich schneuz und wie ich denk und fühl und erleb alles, kurz, meine Seele.

Und ich grübel und denk nach und ich klär ob nicht auf die Art die alte Sache mit der Wanderung von den Seelen auch würd werden zu einer neuen Realität weil es möchte geklont werden von mir auf Dich, meinen Klon, und von Dir wieder auf Deinen Klon und von Deinem Klon auf den nächsten und immer so weiter meine schöne Seele und würd werden unsterblich, wirklich und wahrhaftig und nicht nur wenn der Rebbe davon redet am Schabbes? Und ich denk, wie die Herren vom CPPCEVI sind weggegangen noch mal mit der Warnung ich sollt doch bitte nicht überschreiten meine Frist, zwei Tage genau, achtundvierzig Stunden, es drängt, ich denk also vielleicht wär die Sache wert einen Versuch.

Du wirst, Klon meiniger, noch früh genug erfahren von Zeit und von Vergänglichkeit. Also auch wenn sie Dich werden klonen von mir und ich werd sein Dein Klon-Vater und Originator, werden Zeit und Vergänglichkeit uns kaum gestatten daß wir beide werden zusammensitzen dereinst so richtig gemütlich und, wie man sagt, en famille, und gemeinsam überprüfen, wo sind identisch Deine und meine Seele, und nie, befürcht ich, werden wir erörtern können in freundlicher Intimität, ob Du und ich auch dort aus demselben Tuch geschnitten sind, wo kein Tuch mehr sich befindet, sondern nur noch Gefühl und Gedanke. Und, auch darüber hab ich lange geklärt, hab ich Dir zumuten gedurft, eine Seele wie nebbich die meine zeit Deines Lebens mit Dir herumzuschleppen? Du wirst schon merken – wenn sie dich wirklich klonen und meine Seele wird rüberwandern zu Dir – von Klon-Ahn zu Klon-Nachfahr –, was ich Dir da auflad an Gewirr und an Meschuggas mit meinem Innenleben.

Schon allein das mit den Frauen. Was haben die Weiber gelitten, und was ich erst, an meiner Seele! »Eine schöne Seele!...« hat einmal eine von ihnen gerufen wie sie hat plötzlich gehabt eine Rage, »auf meine schlimmsten Feindinnen gesagt – so eine Seele von einem Mann!« Ich bezweifel ob die Herren vom Council sich haben auch eingeholt solche Stimmen wie sie haben beschlossen, mir zu machen ihre Offerte; ich könnt mir nur denken, daß andere mögliche Klonanden auf ihrer Liste gehabt haben müssen eine noch weniger schöne Seele wie ich.

Lieber Klon meiniger, Du hättst ja ein Glück insofern als Dein Originator ist gewesen ein Autor und Du könntest Dir besorgen ein paar Bücher welche ich hab geschrieben, und erkennen daraus, mit Mühe aber doch, was für ein Kerl gewesen ist Dein Klon-Vater und was muß vorgegangen sein in seinem Herzen und seinem Gehirn – andere Klons, kloniert nach Schauspielern, Fußballern, Bänkers, Politikern und derlei, hätten's da weniger leicht sich zu informieren. Allein schon was ich geschrieben hab über mich selber möcht sein eine Fundgrube, eine wahre, für meine Klons bis ins achte Glied oder ins zehnte – Glied ist nicht ein schönes Wort hier, aber bitte sehr, mir fällt kein besseres ein –, später dann wirst Du schon machen, und Deine Folgeklons auch, Deine eigenen Lebenserfahrungen im Jahrtausend wo Du hast diverse Gentechniken und Energien welche sind erneuerbar, und die schöne Seele welche ich Dir hab mitgeliefert wird sich haben abgeschliffen ein bissel und Ihr werdet Euch haben nicht mehr so aufgeregt damit als wie Ihr habt angefangen als Klons.

Trotzdem muß da ja was gewesen sein an mir was bei den Menschen vom CPPCEVI hat hervorgebracht den Wunsch mich zu verwenden für ihr Projekt – und Dich hineinzustoßen in diese Welt, Klon meiniger, als meine Kopie und mein Ebenbild, und ich möcht doch sehr hoffen daß der von welchem sie Dich haben abgeklont hat gelohnt wenigstens die Kosten von der ganzen Bemühung und Prozedur. Nu, ich bin nicht gewesen ein Einstein welchen sie nicht haben können klonen weil sie nicht haben gehabt die Gentechnik und das alles wie Einstein noch war lebendig; ich bin nur ein bissel begabt zum Schreiben und hab Courage gezeigt manches Mal: doch viel mehr war nicht dran an mir, kannst mir glauben, Klon meiniger, und weiß ich ob sich da wird gerechnet haben die Investierung und die ganzen Kosten von einer Klonierung?

Ist ja nicht billig, so eine Klonierung. Da brauchst Du ein bissel mehr wie nur ein Paar Gummihandschuh und Pinzetten und Nadeln, nämlich zum Herausfädeln von der Erbsubstanz aus dem Kern von einer Epithelzelle welche sie haben erst herausgepusselt aus dem du sollst entschuldigen Unterleib von dem Klonanden und welche sie dann

hineinschieben in das Zentrum von einer gesunden Eizelle, in das leergeblasene, welche beigetra-
gen hat eine Dame eine mir nicht bekannte; das
Ganze, kann ich Dir sagen, ist ein bissel mehr kompliziert wie was die Herrn Professoren haben genannt Invitro-Fertilisation und was hat gekostet
einen ziemlichen Aufwand und was hat wieder müssen reinkommen finanziell.

Und auch wenn Du rechnest daß sie haben am
Ende geklont en gros und in Serie, ist es doch gewesen mehr kostspielig per Stück wie es hat gekostet das bisexuelle Verfahren welches heut auch
noch gemacht wird und bei welchem ein Kerl, ein
gewöhnlicher, mit einem Weibsstück, auch ein ge-
wöhnliches, ganz ohne Bemühung von ein halb
Dutzend Biogenetiker schenkt der Menschheit
nach neun Monaten ungefähr ein Geschöpf ein
neues worin sind eingebaut von Anfang an lauter
Zufälligkeiten und Risikos und Gefahr.

Und wenn Du rechnest daß Du kannst vermei-
den die ganzen Zufälligkeiten und Risikos und Gefahr wenn Du klonst Leute wie mich wo Du weißt
was drinsteckt in ihnen, das ist schon ein großer
Vorteil. Dazu hast Du von mir noch geliefert ge-

kriegt ein Erbgut wo jeder Klon wenn er ist normal in sein Kopf kann drauf stolz sein wirklich und wahrhaftig.

Ich will gar nicht reden von mein Talent mein bekanntem und von der Liebenswürdigkeit von meiner Person und von was die Leut nennen mein Charisma – Du wirst schon merken in Deiner Zukunft wie Dir zufliegen die Herzen wenn Du nur reinkommst ins Zimmer; aber das ist ein Dreck verglichen mit meiner Einsicht, meiner tiefen, in Menschen und in die Verhältnisse von Menschen, in sozusagen meine Philosophie, und mit meiner Fähigkeit darüber zu reden gescheit und so daß die Leut auch denken darüber. Und kann ich Dir sagen darum wie mein Leben ist von Nutzen nicht nur für meine Person; auch um mich herum für die Menschen bedeut ich was. Du könntst sagen, Klon meiniger, es ist meine ganze Persönlichkeit – my allround personality, wie es heißt auf Englisch – welche ist so unnachahmlich daß ich Dir nicht kann aufzählen jeden Punkt; Du wirst sie erleben vielleicht an Dir selber und wirst Dir machen können ein Bild von Dein Klon-Vater oder Dein Originator wie sie auch noch sagen, und welches Dir wird genügen. Und dann würdst Du auch wiedersehen und erkennen an Deinen Klons all diese Vorzüge und Qualitäten welche sie haben abgeklont von mir für Dich denn ich hab müssen geben dem CPPCEVI das Copyright auf meine Person nicht nur für Dich allein sondern auch für die Bruder-, Sohn-, Enkel- usw.-Klons welche sie werden abklonen von Dir. Wegen mein Alter, meinem vorgeschrittenen, werd ich nicht mehr können sehen meine Klons, aber Du wirst schon kommen zu Deinen Lebzeiten noch in den Genuß von der Gesellschaft von einer Anzahl von Deinesgleichen welche Du wirst nicht mehr können kontrollieren oder begrenzen; der alte jüdische Gott hat empfohlen an Israel er soll fruchtbar sein und sich mehren; das machen sie jetzt gentechnisch, Du wirst sehen, ich nicht mehr; aber ich freu mich doch und ein bissel hab ich auch Angst.

Und nimm mal Dein Computer und rechne Dir aus wieviel das würd bedeuten an Tantiemen, an literarischen, wenn, sagen wir, zwei Dutzend von Klons von mir würden veröffentlichen sukzessive auch nur je ein Dutzend von Büchern welche sie haben abgeklont von mir, plus Rechten an Verfilmung und Internet-Sendungen und dem ganzen Kram? Wenn ich dran denk, daß mir jetzt, wo ich's könnt brauchen, kein Cent davon zufällt an Prozenten von meinen Klons und von Deinen, könnt ich werden verrückt und meschugge.

Aber vielleicht würden meine Bäum und Deine auch, lieber Klon meiniger, gar nicht so hoch in den Himmel wachsen – wer soll denn kaufen das ganze Zeugs, geklonte Bücher von geklonten Autoren, eines wie das andere, nur die Schutzumschläge könnten sein verschiedenfarbig? Das wär vielleicht ein bissel langweilig, und Langweiligkeit ist nicht gut in der Literatur: in diesem Punkt möcht das Klonen meiner Person dem CPPCEVI die Rendite vermindern oder gar sein wie ein Fehl-Investment.

Nun kannst Du sagen, Klon meiniger, wenn was geklont wird von mir, ein Buch oder so, es wird sein immer noch besser wie das meiste von dem ungeklonten Zeugs, das sie bringen zu gleicher Zeit in die Buchläden; oder sogar daß was garantiert Ungeklontes Dir eher aussehn wird wie geklont von ehrlich abgeklonten Sachen von meinen Klons – trotzdem, geklont ist geklont, und vielleicht sollten wir beide, Du und ich, dem Publikum, dem geschätzten, für sein gutes Geld nicht unterjubeln geklonte Ware.

Du siehst, Klon meiniger, ein edler Gedanke; ich hab viele edle Gedanken, aber wo komm ich hin damit, und Du auch. Wenn es herauskommt mit der geklonten Literatur und die Bücheln werden bringen Eintönigkeit über Generationen hin in das Leben, statt es zu verschönern, und die Leut würden sagen, schon wieder die alte Leier. Und alles andere auch, was hervorgebracht wird und gestaltet von Klons, Musik, Malerei, Technisches, und Leitartikel und Predigten, alles würd stehn unter dem Fluch von der Identität, der absoluten, und würd welken und absterben.

Und denk mal ein bissel weiter: wie würd es dann stehn mit Dir und mit Deinesgleichen? Regimenter von Klons! – und vielleicht noch marschiern sie im Gleichschritt zum letzten Gefecht gegen die Unklons auf Befehl von ein Oberklon – nicht auf Deinen, licber Klon meiniger, da absolvier ich Dich jetzt schon, weil ich nicht bin der Kommandotyp und Du darum auch nicht – aber weiß ich, was der CPPCEVI sonst noch sich ausgepickt hat an Originatoren und was dann, doppelt geklont und im

Dutzend, sich wird ergießen über Stadt und Land?...

Eine Welt von Klons? Das war schon ein Ende, und gekommen wär's durch die Zwangsneurose von den Gentechniker, welche können nicht lassen ihre Finger von ihren Zellkernen, und durch die Gier von was man nennt ihre Sponsors in dem CPPCEVI, welche ein Geschäft wittern mit Profiten, mit gigantischen, wenn sie starten eine Entwicklung welche wird sein, wenn Du's denkst zu Ende, das Ende von jeder Entwicklung, weil Fortschritt und Leben, hat schon gesagt der alte Darwin, beruhn auf Veränderung; aber Stagnation – und Klonen *ist* Stagnation weil ein Klon ist wie der andre –, Stagnation führt zum Tod.

Also, vielleicht wär's schon ein bissel reizvoll ich ließ Dich entstehen, lieber Klon meiniger; ich könnt so mich selber voraussehn, wie ich meine Kapriolen schlag in was man nennt Perpetuität; aber trotzdem denk ich ich werd müssen Dir mitteilen: es wird Dich nicht geben. Du bist mir einfach eine Gefahr, eine zu große, werd ich sagen dem Professor Waxworth und seinem CPPCEVI – und außerdem, aber das sag ich nur Dir und nur im

Vertrauen, die schöne Einzigartigkeit welche ich jetzt hab ist mir auch was wert.

Was wärst Du denn im Grunde: eine billige Nachahmung – das möcht ich Dir ersparen.

Dein Stefan Heym